MiSTERiOS A DOMiCiLiO

PiSTAS APESTOSAS

BEGOÑA ORO

MISTERIOS A DOMICILIO

PISTAS APESTOSAS

MOLINO

El papel utilizado para la impresión de este libro ha sido fabricado a partir de madera
procedente de bosques y plantaciones gestionadas con los más altos estándares ambientales,
garantizando una explotación de los recursos sostenible con el medio ambiente y beneficiosa para las personas.

Cualquier parecido con los hasta ahora amigos, vecinos, familiares
o conocidos de la autora es ~~de agradecer~~ pura inspiración casualidad.

Misterios a domicilio
Pistas apestosas

Primera edición en España: octubre de 2016
Primera impresión en México: noviembre de 2021
Primera reimpresión: enero de 2022

D. R. © 2016, Begoña Oro, por el texto
D.R. © 2016, Roger Zanni, por las ilustraciones

D.R. © 2021, de esta edición:
Penguin Random House Grupo Editorial, S. A. U.
Travessera de Gràcia, 47-49, 08021, Barcelona

D. R. © 2022, derechos de distribución en lengua castellana:
Penguin Random House Grupo Editorial, S. A. de C. V.
Blvd. Miguel de Cervantes Saavedra núm. 301, 1er piso,
colonia Granada, alcaldía Miguel Hidalgo, C. P. 11520,
Ciudad de México

penguinlibros.com

Diseño: Compañía

ISBN: 978-607-380-836-1

Impreso en México – *Printed in Mexico*

Para Ignacio.

*Y para Jorge, Anabel, Francisco, Juan Foraster,
Cheiro… y todos los niños, niñas, monitores
y animales de las colonias de la ILE que vieron llegar
todos aquellos sobres verdes.*

CÓMO EMPEZÓ TODO

—¿**Y las cacas? Seguro que no recogeríais las cacas.**

—Que síííí.

—Y seguro que tendría que acabar paseándolo yo —dijo mi padre.

—Que noooo —dijimos por milésima cuadragésima segunda vez.

—Y ¿le daréis de comer? —preguntó mi madre.

¡¡Tachááááán!!

«Le daréis». Mi padre no habría cometido ese error en la vida.

—Síííí —dijimos Olivia y yo con cara de angelitos.

Olivia no se había dado ni cuenta.

Pero yo sí.

Era el momento perfecto. Mi madre no había dicho: «¿Le daríais de comer?», no. Mi madre había dicho: «¿Le DARÉIS de comer?». Eso quería decir que, después de dos años pidiendo un perro a diario, varias veces al día, ya casi estaba a punto a punto a punto de caer. Era el momento ideal para lanzar mi arma secreta, la que me había guardado para este momento:

—Y no pondremos la tele ni jugaremos a la Play. Solo los fines de semana.

»Un ratito.

»Pequeño.

»Diminuto.

Mamá y papá se miraron el uno al otro.

Cuando nací, me llamaron Hugo, pero en cuanto me conocieron un poco me llamaron Negociator (se lee: «Negocietor»). Cuenta mi madre que cuando era solo un bebé, antes de saber hablar, conseguía que cambiara la manzana por melocotón cuando me hacía los batidos de fruta. Y que una vez se encontró durmiendo en mi cuna de viaje

Yo de pequeño

Blacky

mientras yo ocupaba la cama doble. Creo que le dije que mi peluche Blacky y yo necesitábamos espacio.

TOMA NOTA:

«Necesitar espacio» es algo que sirve para muchas ocasiones y que pocas veces te negarán. En el improbable caso de que te lo negaran, prueba a parpadear y di: «¿Es que vas a negarme un poco de espacio?».

Como comprenderéis, en diez años, he mejorado mucho mi técnica.

Me diréis que, si tan bueno soy, cómo es que en dos años de negociaciones no había conseguido un perro. Pero eso es porque no conocéis a mi madre.

En serio, soy bueno. Si queréis conseguir lo que sea, seguid mis trucos.

ATENCIÓN, TRUCO:

A esto que acabáis de ver lo llamo: «ESMACHADA NEGOCIATORIA MORTAL». La aprendí viendo partidos de Nadal. Tú vas peloteando, peloteando... Tus padres, que no; tú, que sí; que no, que sí, que no, que sí, que no... La clave está en no perder la paciencia. Sí, es un rollo y alguien va a perderla tarde o temprano, pero no puedes ser tú. Tú sigues, y sigues, y sigues. Y de repente, cuando ves que se caen de aburrimiento, sueltas algo que no se esperaban. Algo gordo. Y rápido. Así, ¡zas!, sin darles mucho tiempo a pensar. Y cuela.

Sí, lo normal es que tus padres, o quien sea, se queden fuera de juego y la cosa cuele. A Nadal le suele pasar. Claro que Nadal no tiene una hermana melliza sin la más remota idea de técnicas de negociación.

Yo sí.

Se llama Olivia. Y cuando mis padres estaban a punto de decir: «Está bien, pero...», que es lo que dicen para disimular en vez de: «Sí, has ganado, eres el mejor negociador del universo», entonces, en ese momento en que rozábamos la victoria, fue Olivia y dijo:

Olivia

—Ni cogeremos la tablet. Jamás. ¡Venderemos la tablet para comprar comida al perrito! ¡Mejor! ¡El dinero que saquemos lo donaremos todo al refugio de perritos!

Hala, ya la habíamos liado.

ATENCIÓN, TRUCO:

Cuando negocies, ¡no lo sueltes todo de golpe! Siempre siempre guárdate cosas que puedas ofrecer. A esas cosas se les llama «bazas».

Lo malo es que, en este caso, la «baza» no era una baza. La tablet no era algo que pensaba añadir a la negociación. En realidad era lo que pensaba guardarme. Con un poco de suerte, ni papá ni mamá se acordarían de su existencia. Y, como no estaría en el trato, siempre podría jugar con ella.

Pero, claro, de nada sirve tener una mente calculadora cuando, además, tienes una hermana con una mente arcoíris.

EL TRUCO DEFINITIVO:

Si quieres ser un negociador único, asegúrate de ser hijo único.

Pero entonces sucedió algo alucinante. Mi madre lo hizo: estiró la boca hacia la derecha, un pelín hacia arriba, como si solo la mitad de su cuerpo quisiera sonreír y la otra mitad no le dejara. Y mi padre también lo hizo: miró la media sonrisa de mi madre y le respondió con un guiño de ojo, que también es una cosa rara, como que medio cuerpo quiere cerrar los ojos y el otro medio no.

Creo que mis padres también se pasan la vida negociando. Ellos negocian con su cuerpo. A veces, medio cuerpo quiere sonreír y el otro medio no les deja. Medio cuerpo quiere cerrar los ojos y el otro medio no. Otras veces, a su cuerpo lo apiporran a comida y luego, ¡hala!, lo ponen a correr una maratón. Un día su cuerpo les va a decir que a ver si se aclaran.

Pero a lo que voy: la combinación de media sonrisa y un guiño solo podía dar un resultado.

Media sonrisa materna + guiño paterno

=

«Está bien, pero…».

¡¡¡¡NOS DABAN PERMISO PARA ADOPTAR UN PERRO!!!!

Y así es como salió de nuestra casa la tablet
y entró en nuestras vidas
TROYA.

TROYA

Troya es el nombre de una ciudad, como Zaragoza, Málaga o Madrid.

Pero Troya es una ciudad que ya no existe, como Pompeya, Machu Picchu o Angkor, aunque yo he estado en el Angkor de Port Aventura y te puedo asegurar que existe, y que sales chipiado.

Todo esto, lo de las ciudades que no existen, nos lo contó papá. También nos contó que en Troya había una mujer guapísima que hacía que todos se enamoraran de ella, y mi madre dijo:

—Algo más tendría la Helena esa, además de ser guapa. Parece mentira que seas profesor. ¡Menuda educación! Luego que...

Pero mi padre la interrumpió y dijo:

—No les líes, que la historia era así. Es que Helena de Troya era hermosísima.

—Pero además de «hermosííííísima», sería buena, o cariñosa, o lista, o…

—Que no —dijo papá—. Que la historia solo dice lo guapa que era.

Y mamá se enfadó un poco, y se fue refunfuñando, y diciendo algo de un tal Varoufakis, que se ve que es otro griego muy guapo «y algo más tendrá».

Yo no sé cómo era la Helena de Troya esa, pero es imposible que sea más guapa que mi Troya, tan peluda, tan negra, con esos bigotes que pinchan y esos ojos que hablan y esas orejas que le botan cada vez que corre.

Papá también nos contó que los griegos se enfadaron mucho con los de Troya, por lo de que se llevaran a la Helena esa. Se enfadaron tanto que entraron en guerra, pero los griegos no lograban vencer a los troyanos ni a la de tres, porque, además, Troya, la ciudad, tenía unas murallas más altas que las de mi cole, que no las puede trepar ni Mario, que es el chico más alto de sexto. Pero entonces a un griego se le ocurrió una idea, y no era el yogur griego, era aún mejor: hacer un caballo gigante de madera y dejarlo en las puertas de Troya. Los griegos llamaron, toc-toc, y se fueron corriendo en plan: «Va, que nos rendimos. Pero, para que os acordéis de nosotros y para que veáis que nos vamos de buen rollo, os traemos un regalito», y luego cogieron los barcos y fingieron que se daban la vuelta. Y los troyanos pensaron: «Qué majos estos griegos.

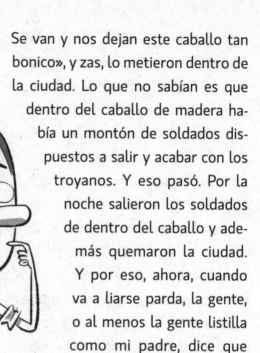

Se van y nos dejan este caballo tan bonico», y zas, lo metieron dentro de la ciudad. Lo que no sabían es que dentro del caballo de madera había un montón de soldados dispuestos a salir y acabar con los troyanos. Y eso pasó. Por la noche salieron los soldados de dentro del caballo y además quemaron la ciudad. Y por eso, ahora, cuando va a liarse parda, la gente, o al menos la gente listilla como mi padre, dice que «va a arder Troya».

Yo creo que a papá le gusta que se note que es profesor, y por eso usa palabras raras que luego se nos pegan. Y por eso quiso que Troya se llamara Troya y no Ronaldo, como quería yo, Bolita, como quería Olivia, o Quitabicho, como quería mamá. (Al final ganó él porque yo me negaba a que se llamara Bolita, Olivia se negaba a que se llamara Quitabicho, y papá, que es del Barça, se negaba a que se llamara Ronaldo, pero nadie tenía un motivo de peso para negarse a que se llamara Troya.)

Yo sé que mi Troya no tiene dentro un ejército de soldados. Es imposible. No le caben. Troya es un cachorrito de labrador, una cachorrita negra. Pero guarda en su interior un arma de destrucción masiva.

Es algo que, cuando sale, también amenaza con destrozar la paz familiar, y ese algo son…

CACAS.

CACAS

Espero que no tengas el mismo problema que tiene mi abuelo Felipe con la palabra «caca», porque te advierto que va a aparecer unas cuantas veces en este libro.

No es por gusto. Es cuestión de necesidad. Necesidades puras y duras. Bueno, puras, puras… Y duras, pues depende.

Además, de alguna forma habrá que llamarlas, ¿no? No voy a decir: «Papá, Troya ha sacado los soldados o las necesidades en medio del salón. ¿Me pasas la fregona?».

Olivia, que es una cursi, llama a las cacas «pastelitos». Papá, «excrementos». Mi madre, que intenta hacer como que no tenemos perro, no las llama. Solo nos va a buscar a Olivia y a mí, nos lleva ante la cosa y la señala. Y ya sabemos lo que nos toca.

Mi abuelo Felipe me sugirió que dijera «deposiciones», pero un día se me ocurrió decir delante de mi abuelo Lorenzo: «Voy a recoger las deposiciones de Troya» y casi me pega una colleja por repelente.

—Llámalos «zurullos», «zurretas», «plastas», «ensaimadas», «cagarros», «cacas»… Pero ¿«deposiciones»? —Y luego dijo mirando a mamá—: Esto es cosa de don Felipe, fijo.

Y mi madre hizo: «Chist».

Pero sí, el abuelo había acertado.

Las ~~deposiciones~~ cacas de Troya son especiales. No me enrollaré mucho con esto porque tampoco quiero que te mueras de asco, pero es que en la vida has visto un perro que haga unas cacas como mi perrita. Son auténticas ensaimadas, tamaño mini, y siempre acaban con un rabito puntiagudo hacia arriba. Es como si firmara sus propias cacas. Con ese rabito hacia arriba, parece que la caca dijera toda orgullosa: «Esta la hizo Troya».

No arrugues la nariz. Leer cómo son las ~~deposiciones~~ cacas de Troya no es ningún asco. Te diré lo que es un asco: recogerlas. Y, claro, en cumplimiento de nuestro trato, tenemos que hacerlo Olivia y yo. Normalmente nos turnamos, aunque a veces nos lo jugamos a piedra, papel o tijera (y suelo ganar yo, porque Olivia se cree que, si saca piedra todo el rato, ganará, y yo no tengo más que sacar papel para hundirla).

El primer día, nada más llegar, Troya se cubrió de gloria. Era la primera vez que la bajábamos y, con la emoción, se nos había olvidado coger las bolsas para recoger las cacas. (Aunque la verdad es que, con emoción o sin emoción, se nos olvidan a menudo y tenemos que acabar volviendo a por ellas.) Además, Troya aún estaba aprendiendo que hay un sitio para cada cosa.

Probábamos distintas técnicas de enseñanza.

Mi padre probaba con el ultimátum musical. Cada vez que pillaba a Troya haciendo caca en casa, le decía: «¡Me cago en la!» (siempre en *la*, ni en *sol*, ni en *mi*, ni en *do*). Y luego decía: «¡Que sea la última vez!».

Mi hermana, cuando bajaba a Troya a la calle, le cantaba con voz dulce una bonita versión del «a guardar, a guardar» que decía: «A cagar, a cagar, cada pastelito en su lugar». Troya escuchaba con mucha atención… y luego seguía mordisqueando todo lo que encontraba a su paso. Cuando subíamos a casa, después del paseo, buscaba un bonito lugar (tipo la alfombra o el pijama que había olvidado en el suelo...) para sus pastelitos.

Yo le daba un tirón de orejas cada vez que la pillaba haciendo caca en casa porque odio que me tiren de las orejas, y no hagas a los demás lo que no quieras que te hagan a ti y al revés.

Mi madre dijo que eso no servía para nada, que deberíamos pasar a las descargas eléctricas.

El caso es que Troya aún no lo tenía muy claro. Total, que bajamos a pasearla Olivia, mi padre y yo y, zas, pastel en medio del portal.

—Bien empezamos —dijo papá—. Ni una palabra a vuestra madre.

Papá y Olivia subieron a casa a por las bolsas y la fregona y yo me quedé en el portal con Troya. Se suponía que me quedaba para hacer de cartel ambulante de **OJO, CACA. NO PISAR**, pero ¿qué le voy a hacer si me despisté un poquito con los buzones de los vecinos? ¿No dice mi padre siempre lo bueno que es leer? ¿Y que si la curiosidad es el motor del conocimiento y que si todos los sabios han sido gente que tenía mucha curiosidad menos Alicia, la del segundo B, que esa es una cotilla y punto?

Claro que, para cotilleos, los que oían las vecinas del bajo A, Lola y Chufa, que tenían puesto el *Sálvame* a todo volumen. Como Lola está como una tapia... Pobre Don Pepito. (Don Pepito es el perro de Lola y Chufa, y a este paso también se va a quedar sordo.)

Bueno, pues ahí estaba yo, con Troya, oyendo el *Sálvame* a través de la puerta y leyendo los buzones, curioseando, a punto de convertirme en el Einstein del 24 de la calle La Pera cuando ¡zas!

Entran los vecinos de enfrente, los del cuarto B, los del bebé llorón que nos despierta cada noche, y

¡splooch!, pisan con la rueda del carrito del bebé el pastel de Troya.

Adiós, «Esta la hizo Troya». Hola, «Esta la chafó el carrito de los Martínez Martínez».

—**¡QUÉ ASCO! ¡¡QUÉ ASCO!! ¡¡¡QUÉ ASCO!!!**— empezó a gritar el Martínez. Y la Martínez se puso histérica hablando de «gérmenes» y «bacterias» y... Y el bebé, el Martínez Martínez, entonces también se puso a berrear, como hace siempre, no como Troya, que no ladra nunca, que parece que sea muda.

Mi padre y Olivia salieron del ascensor asustados. Entre el «¡QUÉ ASCO! ¡¡QUÉ ASCO!! ¡¡¡QUÉ ASCO!!!», los gritos higiénicos de la Martínez, los lloros del bebé y el *Sálvame* a todo volumen, venían oyendo el jaleo desde que pasaron por el segundo piso.

Segundo...

Primero...

Planta baja.

—¿Qué es este escándalo? —preguntó mi padre.

Y entonces fue él quien recogió la bronca de los Martínez Martínez.

Olivia y yo recogimos las cacas.

Sí, podrías pensar que recoger las cacas de Troya es lo peor. Pero hay algo peor, mucho peor, infinitamente peor. Y es... no tener que recoger las cacas de tu perro...

porque tu perro, tu preciosa
cachorrita más guapa que la guapa
de Helena de Troya, ha...
DESAPARECIDO.

DESAPARECIDA

Fue por mi culpa. Me hago pequeñito cada vez que lo pienso. Tan tan pequeño que me gustaría desaparecer. Dejar de estar aquí y estar en algún otro sitio, un sitio donde pudiera sentir un lametazo en la mano y mirar hacia allí y encontrarme los ojos de Troya.

Te contaré cómo pasó, aunque me duele cada vez que lo recuerdo. Mis padres dicen que no piense en ello. Qué más quisiera yo. Pero es mi cabeza, que lo recuerda todo el tiempo, y no sé cómo se para.

La cosa fue así.

Bajábamos a pasear a Troya después del cole. Ya había llegado el ascensor y estábamos entrando cuando mi madre dijo:

—¿Las bolsas?

Nos las habíamos olvidado. Para variar. Entonces mamá tuvo que abrir la puerta con llave. Olivia y mamá entraron a buscar las bolsas. Troya ya estaba dentro del ascensor con la correa puesta y se suponía que yo sujetaba la puerta. Pero entonces vi un sobre en la puerta de los Martínez Martínez, ahí, en el suelo. «Qué raro», pensé. Y fui a mirar de qué era. Con una pierna sujetaba el ascensor y con la otra me acercaba al sobre. Me incliné a leer: «Lolo…» no sé qué. Más raro todavía porque el Martínez se llama Sergio y la Martínez, Bea. Como estaba demasiado lejos para leer bien, fui a estirarme un poco más. Y tanto estirar, tanto estirar, el pie con el que sujetaba la puerta del ascensor se me escapó. Y ¡zas! la puerta se cerró.

Corrí como un rayo a abrirla otra vez. Juro que no tardé ni un segundo. Pero alguien debía de haber llamado al ascensor porque la puerta no se abría y el ascensor empezó a bajar.

—¡Troya!

Troya no decía nada, no ladraba. Nunca ladra.

Yo ya iba a bajar corriendo por las escaleras para recoger a Troya en la planta baja, pero en ese momento salieron mi madre y Olivia de casa.

—**¿Y Troya?** —preguntó mi madre.

Yo no sabía qué hacer, si disimular, inventar algo, quedarme dando explicaciones, correr escaleras abajo, esperar...

Entonces, a toda prisa, les expliqué lo que había pasado. Mi madre miró el botón del ascensor, que acababa de ponerse blanco de nuevo y dijo:

—Tranquilízate, Hugo. Ahora llamamos al ascensor y la subimos. No creo que Troya haya salido del ascensor.

Y apretó el botón.

El ascensor de mi casa es lento, pero ese día, en ese momento, superó un récord mundial. Podría haber hecho todo los deberes de matemáticas en el tiempo que tardó en subir. Podría haberme leído tres libros de la biblioteca. Podría haberme contado las pecas que tengo en la cara.

Y por fin el ascensor llegó a nuestro piso.

Abrí la puerta.

Y...

Vi...

NADA.

El vacío más absoluto.

Me quedé como congelado, como si en vez de la puerta de un ascensor hubiera abierto la de un frigorífico ultrapotente. No me lo podía creer. Era como en los trucos del Houdini ese. Metes un perro en un ascensor. Cierras la puerta. Abres la puerta. Y, tatachán, ni rastro del perro. Ni una triste ensaimada. **NADA. NADA DE NADA.**

Estaba tan alelado que ni me di cuenta de lo que pasaba alrededor, pero de repente el silencio, que parecía salir del ascensor como un monstruo grande que lo invadía todo, se rompió.

CLONC CLONC CLONC CLONC CLONC.

Me volví y entonces supe qué era ese ruido.

Porque lo vi.

Si no lo veo, no lo creo.

Era mi madre, la de Quitabicho, la de «si-entra-un-perro-en-casa-salgo-yo», la de «pesada-no-me-chuperretejees», la de «silla-eléctrica-para-la-perra-como-vuelva-a-cagar-en-el-salón», la madre que odiaba los animales, corriendo con sus tacones escaleras abajo, gritando por el camino: «¡Tranquilo, Hugo!».

Mi madre,

EN BUSCA DE TROYA.

EN BUSCA DE TROYA

En el portal no estaba. Lo único que había allí era el sonido del televisor de Lola y Chufa por el rellano.

—¡Troya! —gritaba mi madre intentando hacerse oír por encima del ruido de la tele.

—¡Troya! —gritaba Olivia.

Yo también quería gritar: «¡Troya!», pero no me salía la voz.

¿No te ha pasado nunca?

¿No te ha pasado que quieres hablar y no puedes?

¿No te ha pasado que quieres que te salgan las palabras pero lo que está a punto de salir son las lágrimas?

Mi madre, que sabe ver las lágrimas antes de que salgan, debió de darse cuenta y me dijo:

—Tranquilo, Hugo. No ha podido ir muy lejos.

Miró alrededor. La puerta del portal estaba cerrada, la de las escaleras del garaje estaba abierta.

CLONC CLONC CLONC CLONC CLONC.

Mi madre se lanzó taconeando escaleras abajo.

Olivia y yo fuimos detrás.

—Tranquilo, Hugo —repitió mi madre—. Estará aquí. Ya verás.

Nuestro garaje es pequeño, oscuro y huele mal.

Nosotros íbamos mirando una por una, en todas las plazas. Por delante, por detrás, por encima, por debajo... de todos los coches aparcados. Y de la Harley-Davidson. Y de las bicicletas de los Martínez.

—**¡Troya!** —Mi madre.

—**¡Troya!** —Olivia.

—... —Yo seguía sin poder hablar.

De pronto, Olivia gritó:

—**¡¡¡Troya!!!**

Pero no era como: «¡Troya-vuelve-que-te-estamos-buscando!», sino como **«¡¡¡Troya-estás-aquí!!!»**.

Mamá y yo fuimos corriendo donde Olivia, que estaba agachada junto al Opel de Chema.

Efectivamente, debajo del coche, al fondo del todo, brillaban dos ojitos.

—Troya... —pude decir por fin.

A lo que Troya dijo:

—Fffff.

¿Fffff?

Y luego:

—Prrrrr.

¿¿Prrrrr??

Y luego:

—Miauuu.

¿¿¿Miauuu???

Y luego salió corriendo del coche y resultó que no era Troya sino un gato negro.

Después de rastrear el garaje y el cuarto de las basuras tres veces de arriba abajo, mi madre dijo:

—Bueno, tranquilos. Nos habremos cruzado. Troya habrá subido mientras nosotros la buscábamos en el garaje. Igual solo necesitaba un poco de espacio.

A mí se me encogió el corazón.

—Seguro que ahora estará esperándonos en la puerta de casa —siguió diciendo mi madre—. Con lo lista que es.

Y entonces Olivia dijo lo que habría dicho yo si no fuera porque otra vez no podía pronunciar palabra:

—Sí, mamá —dijo Olivia—, Troya es una perra muy lista.

»Pero aún no sabe
SUBIR ESCALERAS.

SUBIR
ESCALERAS

Puede que Troya no supiera subir escaleras, pero nosotros sí.

—Es que, a ver, es imposible que haya salido del portal —decía mi madre, que ya había dejado de repetir eso de «tranquilo, Hugo»—. Igual no llegó hasta la planta baja. Igual el ascensor se paró en otro piso.

—Pero, mamá, nosotros bajamos corriendo por todos los pisos y no la vimos —dijo Olivia.

Yo seguía sin poder hablar.

Mi madre se quedó pensativa.

—¡Ya está! ¡Bajaría en otro piso, la encontraría un vecino en el rellano y la recogería en su casa para que no se perdiera! —exclamó al final, en plan «todo-solucionado», pero para mí que hasta ella estaba empezando a preocuparse de verdad—. Vamos a preguntar casa por casa. Hasta que la encontremos.

—Hasta que la encontremos —repitió Olivia, y me miró a mí.

—Mm —conseguí decir yo.

Y eso hicimos. Fuimos piso por piso preguntando por Troya.

Subimos las escaleras hasta nuestra casa. Mi madre aún tenía la esperanza de que Troya hubiera aprendido

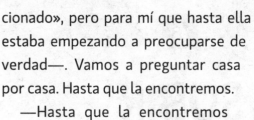

a subir escaleras y que nos esperara en la puerta de casa. Pero no estaba ahí, en nuestro cuarto A, ni en el B.

4.º B: El Martínez abrió una rendija de la puerta con cara de agobio, el bebé en un brazo y el móvil en la otra mano.

—Como comprenderás —dijo rascándose la barba con el bebé, a falta de manos libres—, con un bebé en casa ya tenemos bastante. Además, a Bea no le parece lo más higiénico precisamente.

El bebé eructó superhigiénicamente y Olivia y yo nos miramos por detrás de mamá.

Yo me llevé los dedos a la boca con cara de «voy-a-vomitar».

Al Martínez le sonó un aviso de WhatsApp en el móvil y nos dio con la puerta en las narices.

3.° B: Nos abrió Martina, la mayor de los hermanos. Detrás de la puerta, abierta de par en par, pude ver a Alberto intentando hacer deberes mientras Valentina, la pequeña, asomaba la cabeza para ver quién era.

—**¡Aaaaa... chís!** —dijo Martina.

—Salud —dijo Olivia.

—Vaya, ¿estás enferma? —preguntó mi madre.

—No, no —contestó Martina sorbiendo los mocos—. Es la alergia al maldito gato.

—¡Eh! ¡No lo llames así! —gritó desde lejos Albertito—. ¡Pantalones tiene tanto derecho a vivir en esta casa como tú!

—Miau —dijo Pantalones.

El gato se acercó y se restregó en la pierna de Martina, que volvió a estornudar.

—Por cierto… —logré decir yo en voz baja. Pero ya no me salió más voz.

—¡Ay, sí! —exclamó mi madre—. Perdona, es que andamos con prisa. Estamos buscando a Troya.

—¡Se ha… ejem… escapado! —dijo Olivia mirándome a mí—. ¿No la habrás visto?

Alberto vino corriendo al oír la noticia.

—¿La perrita? —preguntó Valentina.

—¡Oh, cómo lo siento! ¡Ya me gustaría que estuviera aquí, en casa! —dijo Martina, y añadió en voz baja—. En vez de este maldito gato.

—**¡Os ayudo a buscarla!** —exclamó Alberto.

—Ni hablar —replicó Martina—. Tú te quedas aquí haciendo deberes. Y, lo siento, me encantaría buscarla con vosotros, pero es que **mañanaaaaaachís** tengo examen.

—¡Por cierto! —dijo mi madre—. ¿No estará tu madre en casa? Es que me duele…

La madre de Martina es médico. Se llama Marina Aguirre, pero ella dice que cambiará su nombre en el buzón por el de Marina Porcierto. Creo que mi madre no era la única vecina que de vez en cuando aparecía en su casa diciendo «por cierto»…

Pero Marina Porcierto no estaba.

—Qué va —dijo Martina—. Estoy yo cuidando de mis hermanos y…

—No te preocupes, Martina —dijo mi madre, ya con el dedo en el timbre del tercero A—. Gracias.

Alberto me miró desde la puerta.

—**Hugo, ¿qué te parece si hago una pancarta?** —propuso—. **¡Aviso a la policía! ¡Creo una plataforma de búsqueda!**

Pero Martina le dijo que ya tenía bastante con buscar las soluciones a los problemas de mates.

—¡Represora! —dijo Alberto a su hermana y, luego, me miró con cara de pena y me dijo—: ¡Suerte, Hugo!

—¡Suerte, Olivia! —exclamó Valentina.

Justo antes de cerrar la puerta, vi como Pantalones me sacaba la lengua. Maldito gato.

3.º A: En el tercero A no estaba Troya, pero sí estaba mi amigo Fran.

—¿En serio que has perdido a Troya, tío? —me dijo.

Sí, Fran sabe cómo animar a un amigo.

Luego, se volvió a su madre y le preguntó:

—¿Puedo ir con Hugo a ayudarle a buscarla?

—Tú, con tal de no hacer los deberes, eres capaz de ir a buscar una aguja en un pajar —contestó la madre de Fran.

Yo sabía que eso de «buscar una aguja en un pajar» se dice cuando buscas algo dificilísimo de encontrar.

Se ve que lo de saber dar ánimos es cosa de familia.

—Hala, vete —dijo la madre de Fran—. Pero en media hora te quiero de vuelta en casa.

Y así seguimos, mi madre,

Fran, Olivia y yo,

BAJANDO LAS ESCALERAS.

BAJANDO LAS ESCALERAS

Con cada peldaño que bajábamos, yo me iba hundiendo más y más. Creo que se me notaba, porque mamá volvió a repetir eso de:

—Tranquilo, Hugo. —Y remató diciendo—: Estará con los ingleses. Ya verás.

2.º A: Tardaban en abrir. Mamá insistió con el timbre. **RIIIING RIIIING.**

Al final apareció Richard, envuelto en una toalla, recién salido de la ducha. Todavía tenía las gafas empañadas.

—*Oh, sorry* —dijo mi madre, empeñada en practicar su inglés macarrónico—. **Yu baz, ¿no? Sorry. Ui ar lukin for auer dojj. Guau guau. Dojj.**

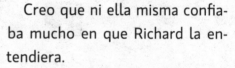

Creo que ni ella misma confiaba mucho en que Richard la entendiera.

Richard puso cara pensativa y, unos segundos después, sonrió de oreja a oreja.

—*¡¡Aaaaaah!! Dog! You mean... ¡perrou!* —exclamó Richard—. *Yes. ¡Perrou!*

—*¡Yess, yess, perrou!* —dijo mamá emocionada—. *¿Is perrou jíar?*

Pero entonces Richard dijo:

—*No perrou aquí. Pedón.*

2.º B: Mamá puso el dedo sobre el timbre sin atreverse a pulsar. Luego nos miró a Olivia, a Fran y a mí. Después dijo:

—Portaos bien.

Luego cogió aire, lo echó, volvió a coger aire, volvió a mirarnos, echó aire, volvió a coger aire... y apretó el timbre.

Mi madre es la mujer más valiente del mundo.

—¿Quién es? —se oyó una voz tras la puerta.

Hacía un rato que Alicia, la vecina del segundo B, había visto que éramos nosotros. Seguro.

Alicia es una cotilla profesional. Seguro que había estado intentando oír la conversación con Richard. Pero es que Alicia, además de cotilla, odia a media humanidad y a los perros en su totalidad. Nos lo había dejado claro desde el principio. Y nos lo volvió a dejar claro esta vez.

—Buenas tardes, Alicia. Soy la vecina del cuarto A —dijo mamá.

—¿No estará con el chucho ese?

Mamá suspiró.

—No.

Entonces se oyeron tres cerrojos descorriéndose, varias vueltas de llave, y por fin aparecieron los gigantescos pechos, la nariz respingona y, un rato más tarde, el resto del cuerpo de Alicia.

—Precisamente... —empezó a decir mamá—. Me preguntaba si... ¿No habrá visto a nuestra perra?

Alicia arrugó toda la cara antes de soltar una risotada.

—**¡JAJAJAJAJA!** —estalló—. **¡Esta sí que es buena! ¿No me digas que habéis perdido al chucho?**

A mí me entraron escalofríos al oírla. En mi cabeza solo podía pensar: «No, no hemos perdido al chucho. HE perdido a mi perrita».

Mi hermana es cursi y dulce como un unicornio con patines de hielo deslizándose por un arcoíris; pero, cuando se enfada, parece la niña del exorcista. Y en ese momento, SE ENFADÓ.

—¡No, señora! ¡No lo hemos perdido! —gritó como un loca—. ¡Se ha ido a dar una vuelta, y no sé cómo hemos pensado que podría querer estar en su casa! ¡Porque a su casa no quieren entrar ni… ni…!

Esa es mi hermana.

—¡NI LOS MOSQUITOS! —remató Fran.

Ese es mi amigo.

—Por favor, chicos… —dijo mi madre, pero no demasiado regañona—. Disculpe. Están un poco nerviosos. Gracias. Adiós.

Olivia estaba a punto de decir algo más, pero mamá la cogió de la mano y se la llevó escaleras abajo. Fran y yo fuimos detrás.

—Ni los piojos entrarían ahí —iba diciendo Olivia.

—Ni los pulgones —dijo Fran.

—Ni los ácaros —murmuró mi madre.

—¿Qué son los ácaros, mami? —preguntó Olivia de nuevo con su dulce vocecita de siempre.

—Niños, por favor… —dijo mi madre,
como si ella
no hubiera dicho
NADA.

NADA

Rellano del primero. Mamá:

—Ya veréis. Estará aquí.

1.º A: Riing.

NADA.

—Mamá, pero si en el primero A no vive nadie —dijo Olivia.

Desde que yo recuerdo, es así. Cuando era pequeño, mis padres me dijeron que los vecinos que vivían ahí se fueron porque no podían soportar el volumen de la tele del bajo A. Pero a Fran sus padres le contaron que en el primero A hubo una explosión tóxica y ya no era habitable. Y Alberto me dijo que a él su madre le contó que había un virus mortal, y su padre, que la casa era ahora el almacén de unos millonarios y que dentro guardaban un montón de cuadros y esculturas. Para mí que ninguna de esas cosas es verdad y que en ese piso hay un secreto que nadie sabe o nadie quiere contar. Pero, al menos, digo yo que los mayores ya podrían ponerse de acuerdo para contarnos a todos el mismo cuento, como hacen con otras cosas.

El caso es que mi madre siguió llamando al timbre.

—Por si acaso —dijo.

Y, en ese momento, se oyó un ruido. Fue como un PAM. Como si algo pesado, una televisión pequeña, una bomba, un cuadro de Velázquez se hubiera caído sobre una alfombra de esas gordas.

Casi me da un vuelco el corazón.

—¿Lo habéis oído? ¿Lo habéis oído?

Para entonces los cuatro teníamos ya la oreja pegada a la puerta.

Estuvimos así un rato. Pero no se oyó nada más.

—Habrá sido el viento —dijo mi madre retirándose de la puerta.

Pero yo juraría que ahí dentro había algo. O alguien.

1.º B: Fran habló por mí cuando, antes de que mi madre llamara al primero B, cuchicheó:

—Como nos abra Chema, ya hemos *terminao*.

Chema, el vecino del primero B, es un buen hombre.

Un buen hombre persiana. Se enrolla como una persiana, y como te empiece a contar algo, te puede tener tres horas.

—**Que abra la Chollos, que abra la Chollos** —se puso a rezar mi hermana.

—Se llama Charo —la medio riñó mi madre.

La Chollos, o Charo, es la mujer de Chema.

Y quien abrió la puerta fue… Chema.

53

—¡Hombre, Nuria! ¡Qué bien acompañada! Yo una vez...

—¡Ay, Chema! ¡Aún podría estarlo más! —añadió mi madre con una sonrisa triste. Y luego dijo—: Vamos con un poquito de prisa. No quiero robarte mucho tiempo. Solo dime una cosita y nos vamos, que seguro que estarás liado. ¿No habrás visto a Troya, nuestra perrita? ¿Sí? ¿No?

—¿Qué pasa, Chema? —gritó desde dentro de casa la Chollos.

Pero ni él ni ella sabían NADA de Troya.

—Lo siento. No la hemos visto. Si crees que puedo hacer algo... —se ofreció Chema—. Ya sabes, como presidente de la Comunidad o lo que sea.

—Muchas gracias —dijo mi madre—. Ya verás como la encontramos en los bajos.

Y casi logramos escapar. Pero en ese momento Chema cogió carrerilla y...

—Se habrá ido con Don Pepito —dijo alegre. Creo que acababa de conectar la historia de Troya con otra historia, porque abrió los ojos como platos y empezó—: Yo una vez... Cuando estaba de maniobras en Melilla...

Pero entonces ocurrió el milagro de Lítel.

—¡**Chema**! ¡**Ven a ver esto**! —lo reclamó la Chollos. Desde la puerta la veíamos agitar emocionada un
catálogo de ofertas de las tiendas Lítel.

—Ve, ve, Chema —dijo mi madre—. Nosotros vamos al bajo. Seguro que tienes razón y nuestra perrita
está con Don Pepito.

—Uf —suspiramos todos cuando Chema cerró la
puerta.

Rellano de los bajos: Ruido de la tele.

Mamá otra vez, en voz más alta:

—Ya veréis. Estará aquí.

Olivia:

—Con Don Pepito.

Mamá, como el eco:

—Con Don Pepito.

Bajo A: Esta vez tuvimos que hacer un poco de ruido extra.

Mamá tocaba el timbre, mientras Fran y yo golpeá-
bamos la puerta y Olivia gritaba:

—¡**Loooooola**! ¡**Chuuuuufa**!

Por suerte, Don Pepito se puso de nuestra parte y
también empezó a ladrar, haciendo un poco de ruido
extra.

—¿Qué pasa? ¿Qué pasa? —salió diciendo Chufa.

Menos mal. Chufa oía un poco mejor que Lola.

Don Pepito saltó sobre mis rodillas. A mí casi se me saltan las lágrimas.

—¿Has visto a Troya, Don Pepito? —le susurré mientras le acariciaba la cabeza.

Pero NADA. Ni Lola ni Chufa habían visto a Troya.

Y, si Don Pepito la había visto, era algo que nunca llegaríamos a saber.

Bajo B: Si Pepe, el del bajo B, había visto a Troya, no lo podíamos saber en ese momento porque, después de mucho llamar y llamar a su puerta, mamá llegó a una conclusión:

—NADA. No está en casa. Volveremos más tarde.

Mamá llamó a mi padre, que estaba en casa de su amigo Juan, y se lo contó todo. Y ya íbamos a salir a la calle, pese a que mamá insistía en que era imposible que Troya hubiera salido sola del portal, cuando Fran nos recordó algo.

—¿Y Enrique?

»No habéis ido a mirar
a casa de
ENRIQUE.

ENRIQUE

Nos habíamos olvidado de Enrique. Vive en el quinto. En el único piso que hay en el quinto. Es un piso un poco raro, porque el ascensor no llega hasta ahí.

—Pero, mamá, Troya no sabe subir escaleras. Es imposible que haya ido a parar ahí.

—Eso lo veremos —dijo mamá animadísima.

«A ti te basta una pera para sacar es**pera**nza», le dice siempre mi padre, y tiene razón.

Subimos en ascensor hasta el cuarto, y luego, escaleras arriba, hasta el piso de Enrique.

En el rellano no estaba Troya.

—A ver si tenemos suerte —dijo mi madre.

Enrique viajaba mucho. Apenas se le veía por casa.

—¡Nuria! —saludó Enrique—. ¡Y compañía!

—¿Lo veis, chicos? Estamos de suerte —dijo mi madre. Luego, al ver las maletas que había en la entrada de casa preguntó—: ¿Vas o vienes?

—Ya ni lo sé —contestó Enrique sonriendo.

Mamá se lanzó a explicarle lo de Troya.

—Vaya. Por aquí no ha aparecido —respondió Enrique—. Lo siento. ¿Habéis buscado fuera?

—No, aún no —dijo mi madre—. Ahora iremos.

—Qué raro… —empezó a decir Enrique.

—¿El qué? —preguntó mamá.

—Lo raro es que, si el ascensor bajó, fue porque alguien lo había llamado. Tuvo que ser un vecino que llamaba desde la planta baja para subir a su casa.

—O igual era un vecino del segundo, o del primero, que iba a bajar en ascensor —añadió Olivia.

—Y ¿por qué no del tercero? —preguntó Fran.

—¿Porque allí vives tú, listo? —dijo Olivia, picada.

Fran se puso colorado.

—Pero también viven Alberto y su familia.

—Imposible —dije yo—. Los habría oído desde el piso de arriba.

—¿Y ningún vecino de los que habéis preguntado sabe nada? —preguntó Enrique extrañado.

Los cuatro negamos con la cabeza.

—¿Y si no fuera un vecino quien llamó al ascensor? —pregunté yo.

—¿Quién podría ser? —dijo mi madre, y ella misma se respondió—: ¿Un cartero? ¿Un repartidor?

—¿Telepizza? —aventuró Fran.

—¿El Jardín Feliz? —sugirió Olivia.

—Seguro que aparece pronto —dijo Enrique sonriente, contagiado del «esperancismo» de mi madre.

En ese momento, oímos como un resoplido.

Los cuatro nos volvimos a la vez, y de pronto…

Pelo oscuro. Pelo por todas partes. Ojos negros. Bigote…

Un poco de barriga y dos piernas.

—Fran, a casa.

Era el padre de Fran, que al ver a Enrique dijo resoplando:

—Uf. Buenas, Enrique. No sé cómo puedes vivir aquí…

—Son solo unas escaleras, Diego. Un poco de ejercicio no viene mal…

—Pero papá —interrumpió Fran—. Aún no ha pasado media hora.

—En mi reloj sí —dijo Diego.

Está claro. El tiempo de los padres es distinto del de los hijos, y podría darte varias pruebas que lo demuestran.

Fran volvió a casa. Mamá, Olivia y yo nos despedimos de Enrique y salimos a la calle gritando: **«¡Troya! ¡Troya! ¡Troya!»**, y con cada «¡Troya!» que gritábamos, con cada minuto que pasaba, hasta la esperanza de mamá se hacía un poco más pequeña.

El primer sitio donde buscamos fue en la plaza. Olivia y yo corrimos a nuestro banco. En la plaza de al lado de casa hay un quiosco, una farmacia con tejadillo donde nos refugiamos cuando llueve, un aparcamiento para bicis, una cafetería, una panadería, una frutería y cuatro bancos. Uno de los bancos es nuestro. Lo que pasa es que hay gente que no lo sabe y, por más que Troya mea en las patas del banco para marcar el territorio y dejarlo claro, a menudo nos lo *okupan*. En ese momento, había dos abuelos *okupas* y una meada en la pata derecha, pero ni rastro de Troya (a menos que la meada fuera suya, cosa difícil de saber).

Salimos de la plaza hacia la derecha, y a los pocos minutos, tres portales más allá, llegó papá con ánimos renovados, un rollo de celo y un montón de carteles que había impreso en casa de Juan.

—Tranquilo, Hugo —me dijo cogiéndome de los hombros. **«Tranquilo, Hugo»**. Parecía el estribillo de una canción de verano, una estúpida canción de verano.

Estuvimos pegando carteles por todo el barrio. Seguimos gritando: **«¡Troya! ¡Troya! ¡Troya!»**. Pero pasaron las horas...

y lo único negro que llegamos a ver
fueron mis pensamientos, y se hizo

DE NOCHE.

DE NOCHE

Volvimos a casa en silencio.

Pegamos los dos últimos carteles, uno en el restaurante chino de enfrente de casa y otro en nuestro propio portal.

—¡Pepe! —recordó de pronto Olivia.

—Es verdad —dijo mi madre—. Seguro que ya está en casa.

Llamamos al bajo B. Oímos los pasos aproximándose a la puerta y luego silencio.

—Pepe, soy yo, Nuria, la vecina del cuarto A.

Pepe abrió un poco la puerta.

—¡Ah, hola!

—**¿A qué huele?** —preguntó mi padre al verle.

—Eeeh, ¿cómo? —preguntó Pepe extrañado.

La verdad es que, como saludo, «¿A qué huele?» era un poco raro.

—No le hagas caso —dijo mi madre—. Ya sabes cómo es. Siempre pensando en comer. ¿A qué va a oler?

—**¡A la famosa tortilla de patatas «Pepe style»!** —se contestó a sí mismo mi padre—. Un día tendrás que darme la receta.

—Mejor que te dé la tortilla —dijo mi madre.

Todos habíamos sido testigos, y víctimas, de los fracasos de papá al intentar hacer tortilla de patatas.

¿Cómo podían pensar en comer en un momento así?

—Troya… —susurré tirando de la mano de mi madre.

—Sí —dijo mi madre—. Perdona, Pepe. ¡Qué moreno estás! Vaya, tú siempre estás moreno. Pero se nota la playita…

—Troya… —volví a susurrar a mi madre.

—Sí, sí. Ay. Llamábamos por si habías visto a nuestra perrita.

—¿Perrita? —preguntó Pepe.

—Sí, ¿no lo sabías? Ah, es verdad, que has estado fuera unas semanas. En Valencia, ¿no? Con tu nieta, ¿verdad? ¿Qué tal está?

—¡Troya! —insistí a mi madre.

—Perdona, Pepe, que es tarde. Nosotros también tenemos que espabilar y cenar y… Es un cachorro de labrador.

—Negra —dijo Olivia.

—Hermosísima —aseguró mi padre.

—La más bonita del mundo —susurré yo.

—Parece mentira, pero ha desaparecido en el ascensor. Si te enteras de algo... —dejó mi madre la frase en el aire.

Y subimos corriendo a casa, se supone que a cenar. Pero yo no pude probar bocado.

Cuando ya me iba a dormir, subió Fran en pijama a preguntar si habíamos encontrado a Troya. Yo negué con la cabeza. No quería ni decirlo en voz alta.

—Jo, tío. Vaya desastre. Y encima de noche. Con el frío que hace. Y con lo negra que es tu perra, que no se la ve, que es superfácil que la atropellen.

Mi padre cogió a Fran por los hombros y se lo llevó de vuelta a su casa.

Fran se fue a su casa y yo me fui a mi cama.

Necesitaba mi espacio.

Mamá se sentó a mi lado.

Igual no necesitaba tanto espacio.

Yo no dejaba de pensar en el momento en que se me escapó la puerta. Si hubiera podido dar marcha atrás... Lo habría dado todo: mi tablet, la Play, mis libros, mis guantes de portero, mi mochila con ruedas, mi perro de peluche, mi hucha, mi camiseta preferida, la equipación del Real Madrid, mis Lego, mi álbum de la Liga, mi boli de la suerte, mis pecas, mi hermana, mi amigo Fran…, todo. Lo habría dado todo por que volviera Troya.

¿Estaría sola? ¿Tendría frío? ¿Tendría miedo, hambre, sed? Me imaginaba a Troya en medio de la noche, sus ojitos brillando asustados al fondo de un callejón oscuro. (Mejor ahí que imaginarla en medio de una calle a punto de ser atropellada.)

Era el peor día de mi vida.

Mamá me secó las lágrimas, me besó y me dijo:

—Aparecerá, seguro. Duerme, cariño.

—¿Cómo puedes dormir tan tranquila? Claro. ¡Tú no querías a Troya! ¡Nunca la has querido! —dije enfadado.

Sin embargo, mi madre no se enfadó conmigo por enfadarme con ella cuando estaba enfadado conmigo. Ya, es un lío. Esto de los enfados es siempre un lío.

Mi madre dijo algo que sonó también un poco lioso:

—Cariño, yo te quiero tanto que quiero a todo el que te quiera y te haga feliz. Y eso incluye a Troya.

—Pero ahora no soy feliz. Nada feliz —le dije a mi madre.

—Es que lo que nos hace felices también nos puede hacer muy infelices cuando ya no está. Así es la vida.

—**Pues la vida es una mierda** —le solté.

Mi madre me cogió de la barbilla, me obligó a mirarla a los ojos y me dijo muy seria:

—La vida no es una mierda, Hugo. La vida sería una mierda si no fuera por que hay personas que nos hacen tan felices cuando están como infelices cuando se van.

—Animales —dije yo.

—Animales y personas —explicó mi madre.

Igual la vida no era una mierda. Igual solo era un lío.

—Ahora piensa en los que están contigo, no en los que no están. Está Blacky, estoy yo...

Blacky era mi perro de peluche. Hasta que llegó Troya, yo trataba a Blacky como a un perro de verdad. Una vez incluso lo saqué a pasear a la calle.

El caso es que esa noche acabamos durmiendo mamá, Blacky y yo juntos, y Olivia, que tampoco podía parar de llorar, durmió con papá y su muñeco Piglet.

Al principio no me podía dormir y le pedí a mi madre que me dejara jugar a Minecraft, porque lo que quería era que acabara dejándome ver las fotos de Troya que teníamos en la tablet.

ATENCIÓN, TRUCO:

Si quieres algo, no empieces pidiendo eso. Pide antes algo mucho más peligroso/caro/radical...

Pero, para cuando acabé pidiendo ver las fotos, mi madre dijo que no le parecía muy buena idea y que solo serviría para ponerme (más) triste.

No siempre se gana.

Total, que al final le pedí que subiera la persiana un poco. Y al menos, a eso dijo que sí.

El resplandor de las luces de la calle me hacía pensar que la noche no era tan oscura ni tan peligrosa como la había pintado Fran. Y caí frito como un huevo (frito) bajo esas estrellas de mentira: las farolas, el resplandor de las ventanas vecinas... y el neón rosa y verde del restaurante chino de enfrente, ese que reflejaba exactamente cómo me sentía esa noche, o sea, igual que el bebé de los Martínez Martínez, que a esas horas no hacía más que llorar y llorar, o sea:

EL JARDÍN FELIZ.

EL JARDÍN FELIZ

EL JARDÍN FELIZ no siempre había sido EL INFELIZ. Hasta hace tres días, el restaurante chino se llamaba EL JARDÍN FELIZ, y todas las letras de su cartel brillaban igual. Pero alguien había quitado las luces de JARD y ahora, de noche, se leía EL INFELIZ.

De día, con las luces apagadas, EL JARDÍN FELIZ seguía siendo EL JARDÍN FELIZ. Y es lo primero que leí al día siguiente camino del colegio. Y créeme: no tiene gracia leer algo así cuando te sientes superdesgraciado.

Me sentía tan mal tan mal que ni siquiera había intentado negociar saltarme las clases. Y eso que estaba casi seguro de que lo habría logrado aplicando la técnica ME SIENTO MAL - TE SIENTES MAL.

Pero, ya te digo, no tenía ni ganas de negociar, así que me dejé arrastrar hasta la salida de casa, hasta el dichoso cartel de EL JARDÍN FELIZ.

—¡Igual está esperándonos en el colegio! —dijo mi madre nada más pisar la calle.

Esta sí que es feliz. Feliz feliciana.

—¡Nos ha acompañado un montón de veces! ¡Se sabe el camino de memoria! —explicó mamá al ver nuestras caras de **«tú-lo-flipas-mamá»**. Mi madre se

basta para protagonizar ella solita tres musicales, dos celebraciones del Mundial y el vídeo de *Happy*.

—Mamá, ya sabemos que solo lo dices para que vayamos contentos y felices al colegio. Pero no cuela —dije, y al momento me arrepentí, porque vi que Olivia pasaba de sonreír de oreja a oreja a estar triste.

Se ve que a ella sí se la había colado.

Pero mi madre insistió:

—¿Por qué no? ¿Cómo sabes que no está en la puerta de siempre, esperándonos?

La verdad es que, con la tontería, consiguió que llegáramos en tiempo récord al colegio. Pero, cuando llegamos, no había ni rastro de Troya y acabé diciendo una de mis frases favoritas:

—Te lo dije.

Y el caso es que esta vez, para variar, me habría encantado que mamá tuviera razón y no yo.

No me preguntes qué hice ese día en clase. En el recreo sí. En el recreo, nos dedicamos a pegar más carteles. No eran de los que había hecho mi padre. Eran unos que había traído Fran.

—¡Jo, Fran! Gracias —dije sorprendido.

Casi se me saltan las lágrimas. Estaba muy blandito sin Troya, y aquello no era propio de Fran.

—Dáselas a Alberto. Para mí que esto no va a servir para nada —me dijo Fran. Ese era mi Fran—. Pero ayer por la noche, mientras vosotros buscabais fuera, Alberto pasó por mi casa nada más terminar los deberes y se empeñó en que hiciéramos estos carteles. También quería montar una página web de búsqueda y no sé cuántas cosas más.

¿HAS VISTO UN ZURULLO COMO ESTE?

¿HAS VISTO DE QUÉ CULO PERRUNO HA SALIDO?

YA, QUE ES IMPOSIBLE. PERO, SI LO VES, ¡AVISA A HUGO, EL PECOSO DE 5.º B!

HAY UNA FAMILIA (PERRO INCLUIDO) SUFRIENDO. ¿VAS A DEJAR QUE SIGAN ASÍ? ¡AYÚDANOS A IMPEDIR ESTA DESGRACIA!

Pegamos los carteles por todo el colegio. Laura, Sandra y Lucía, nada más enterarse, se acercaron a darme una palmadita en la espalda.

—¡Pobre! —dijeron con cara de pena—. No te preocupes. Ya aparecerá.

Por desgracia, no tenían ni idea de dónde podía estar Troya.

También Mota, de 6.º A, vio los carteles. Por desgracia, él sí tenía una idea de dónde podía estar mi perrita. Y era tan horrible que me sorprendió que no se le hubiera ocurrido antes a Fran.

—Papá, ¿es verdad que en los restaurantes chinos

sirven carne de perro? —le pregunté a mi padre de vuelta del colegio.

—¿De dónde has sacado eso? —preguntó papá.

—Me lo ha dicho Mota.

—Mota es idiota —dijo Olivia en modo niña del exorcista.

—¡Olivia! —dijo mi padre.

—Pero es que es idiota —insistió Olivia.

—Digamos que tiene lagunas sobre cultura china.

«Lagunas»... Típico de mi padre.

—¿Y si preguntamos en EL JARDÍN FELIZ? —sugirió Olivia rápidamente.

—¿El qué? ¿Si tienen a Troya en el menú del día? —dije muy enfadado. Ojalá lo viera todo tan fácil como ellos.

Olivia volvió a su modo arcoíris y empezó a llorar.

—No seas bruto, hijo —dijo mi padre—. Podríamos preguntar si la vieron salir del portal. ¡Y pedir un poco de pan chino! ¡Buena idea, Olivia!

Cuando llegamos, el restaurante estaba cerrado. Normal, era media tarde. Pero a través del cristal distinguimos una figura. Llamamos a la puerta y nos abrió un hombre mayor. Mi padre explicó al hombre que habíamos perdido a nuestra perrita y que si la había visto y tal y tal y tal. Y el hombre, que era calvo, empezó a gritar:

—**¡Pelos no! ¡Pelos no!**

Pero no tenía nada que ver con su calvicie. Era solo que en vez de «pe**rr**o», decía «pe**l**o». Debía de entender que estábamos preguntando si podíamos ir con un perro al restaurante. Mi padre intentaba explicárselo hablando despacio y con gestos. Le contó al hombre que vivíamos enfrente. Le enseñó una de las fotos de Troya del móvil... Nada más ver la foto de Troya, el hombre volvió a gritar:

—¡*Pelitos* no! ¡*Pelitos* no!

Menos mal que entonces apareció Jun. A Jun la había visto alguna vez por el restaurante. Tiene solo seis años, pero es lista como una niña lista de diez.

—Perdón, es que mis padres han salido a comprar —nos explicó—. Mi abuelo no habla mucho español.

Jun nos hizo de traductora. Ellos hablaban en chino y nosotros esperábamos. De repente, me di cuenta de que estaba esperando sin respirar.

—Lo siento —dijo Jun—. Pero no hemos visto tu perrito.

—Perrita —susurró Olivia—. Es una perrita.

—Hermosísima —dijo mi padre.

—Lo siento —repitió Jun—. Mi abuelo dice que muchos gamberros por aquí. Las luces…

—Sí, sí, ya lo hemos visto —dijo mi padre—. Bueno, gracias, Jun. Has sido muy amable. Si veis algo…

El abuelo dijo algo en chino y Jun nos tradujo después:

—Dice mi abuelo que si ven algo de las luces…

—Estaremos atentos —respondió Olivia.

—Nosotros también —dijo Jun.

Y Jun y Olivia se abrazaron como si fueran superamigas. Mi hermana es así. Necesita tres segundos para hacerse superamiga de quien sea.

Cuando aún estábamos frente a la puerta del restaurante, a mi padre le sonó un aviso de WhatsApp. Al otro lado de la calle, vi a la Martínez entrando sola en el portal. Y entonces tuve una iluminación de detective y lo vi todo claro.

Acababa de encontrar a la mayor

SOSPECHOSA.

SOSPECHOSA

La Martínez, claro. ¿Cómo no me había dado cuenta?
De repente lo vi claro en mi cabeza.

Cuando llamamos a su casa, estaba el Martínez solo
con el bebé. No vimos ni rastro de la Martínez. Y, cuando
estábamos con él, recuerdo que apenas abrió la puerta
y luego la cerró de golpe porque le sonó un WhatsApp.
Bueno, y porque es un antipático y un maleducado.

Además, el ascensor había tardado mucho en bajar.
Estoy casi seguro de que llegó hasta la planta baja.
Habría llamado la Martínez, que estaría a punto de
subir a casa. No se separa mucho del bebé.

Cuando se abrió el ascensor y vio sola a Troya, con
lo mucho que la odia, debió de pensar: «¡Ja! ¡Esta es

mi oportunidad!». Cogería a Troya, que iba con la correa puesta, y la sacaría a la calle. Y, como mi perra es tan buena (tan bonita, tan preciosa, tan... ¡ay!), se iría con ella tan pancha. Por el camino, la Martínez mandaría un WhatsApp a su marido para contárselo. Ya me lo estaba imaginando.

La Martínez: Jajaja!!! No te imaginas lo que me acabo de encontrar en el ascensor, churri.

El Martínez: Qué, gordi? 🍀?

Un trébol? Frío, frío.

💣? 💰? 💩? Dime!!!!

La perra.

Qué perra? Espera!! Ya sé!!!! 😃 Los vecinos acaban de llamar preguntando por ella.

😌

Corre!!! APROVECHA!!! Que nuestro bebé lindo no vuelva a respirar el aire que ese chucho respira!! 😷 Llévatela lejos, gordi!!! Aleja sus gérmenes de nuestra ricurita!!

Eso estoy haciendo, churri. 😜

Pero, por más que me esforzaba en imaginar cómo seguiría la conversación, no podía.

Nada.

Incapaz.

No podía imaginar dónde se la habría llevado. **¿Qué podría haber hecho la Martínez con nuestra perra?** Desde luego, quedársela seguro que no. ¿Llevarla a la perrera? ¿Al río? ¿Abandonarla en un parque? ¿Cambiarla por un ciervo? (Los Martínez Martínez tenían un cuadro de ciervos en la entrada, bolsas de ciervos, jerséis de ciervos, broches de ciervos…) Parado en la puerta del restaurante chino,

un grito me sacó
de mis cavilaciones:

—¡MiEL-DA!

MIEL-DA

«¡Miel-da!».

Parecía el principio de una adivinanza:

> Miel da.
> Entre flores vuela.
> A veces pica.
> ¿Qué es?
> La abeja.

Pero no. El grito de «¡*Miel-da!*» lo había dado el abuelo de Jun y lo había acompañado de un gesto: señalaba al suelo, justo delante de la puerta del restaurante.

Mi padre dejó de mirar su teléfono, Olivia se acercó con lágrimas en los ojos y yo miraba aquello como una aparición.

Nos pusimos los tres alrededor de aquello, como cuando un compañero trae la *card* invencible.

—Es… es… esta… esta la hizo Troya —conseguí decir al borde de las lágrimas.

Ahí estaba. Una perfecta ensaimada, tamaño mini, acabada en un rabito puntiagudo hacia arriba. Su firma: **«Esta la hizo Troya»**.

Fue como si el mundo se detuviera. No oía nada, no veía nada, solo aquella ensaimada, que me parecía en ese momento la cosa más bonita del mundo.

Ya, ya sé que solo era una caca. Pero **¡también era una prueba reciente de que mi perrita estaba cerca!** ¡Y estaba bien! (Era una caca muy saludable.)

No podía dejar de mirarla. Hasta me parecía que tenía ojos y me sonreía como la caquita del WhatsApp.

Cuando por fin pude quitar los ojos de La Prueba, me encontré solo.

Miré a derecha y a izquierda.

A la izquierda estaban Jun y Olivia gritando: «¡Troya!», «¡Troya!».

A la derecha estaban mi padre y el abuelo de Jun gritando: «¡Troya!», «¡*Tloya*!».

Yo no sabía qué hacer.

Me quedé mirando al frente, hacia el portal de casa, sonriendo —no podía dejar de sonreír—, embobado —Troya estaba cerca, Troya estaba bien.

También yo parecía la caquita
del WhatsApp, con mi
SONRISA.

SONRISA

La sonrisa se me fue borrando de la cara conforme pasaron los segundos, los minutos, las medias horas, las horas y Troya seguía sin aparecer.

A partir del descubrimiento de la ensaimada de Troya, habíamos seguido buscando por el barrio toda la tarde. Nada más llegar, mamá se unió al operativo de búsqueda. Nos dividimos en dos grupos: mamá, el abuelo de Jun y yo por un lado, y Jun, Olivia y papá por otro. Fuimos a la plaza, buscamos debajo de nuestro banco, que en ese momento estaba *okupado* por una abuela tiramigas y cien palomas, rastreamos parques, olisqueamos esquinas, preguntamos a la gente por la calle.

Varios recordaron haber visto pasar:

- **un pastor alemán**,
- **un yorkshire** con un lacito rosa en la cabeza,
- **un perrito sin identificar** cuya descripción encajaba con Don Pepito,
- **un adolescente melenudo** en un *skate* (ya, ya sé que no es un perro, pero, cuando le preguntamos a un anciano si había visto un animal, eso fue lo que nos respondió, solo que él no dijo «*skate*» sino «un-invento-del-demonio-con-ruedas-de-esos-que-van-a-provocar-una-desgracia-cualquier-día-de-estos-ay-Señor-llévame-pronto»),
- **un cachorro** que parecía mezcla de dálmata y de otro perro sin identificar,
- **un conejo gigante** (sí, alguien había paseado a un conejo gigante por el parque de al lado de casa),
- **dos teckels negros** que iban juntos.

Nadie recordaba haber visto a una hermosísima perrita negra, cachorro de labrador, que respondiera al nombre de Troya.

Ni rastro de ella. Bueno, sí: ese perfecto, marrón, mini y maloliente rastro que nos había devuelto por un momento la esperanza. Pero la esperanza empezaba a disolverse como un cubito en un vaso de agua.

Se levantó un aire que parecía que íbamos a salir volando, y mamá y papá nos obligaron a volver a casa.

—Ya solo nos faltaría que encima os resfriarais —se quejó mi madre. Pero a mí eso me daba igual. Prefería estar sin salud que sin Troya.

—Además, ¿nadie tiene hambre? —dijo mi padre.

Antes de subir, recogimos la caca de delante del restaurante. A mí me pareció que, al tirarla al contenedor, estábamos tirando también la esperanza de encontrarla.

Cuando llegamos a casa, les conté a todos mi teoría sobre la Martínez: cómo podría haber cogido a Troya e intentado abandonarla lejos de casa, y lo del sonido del WhatsApp cuando fuimos a casa y salió el Martínez, y lo que me imaginaba que se habrían dicho y...

—No puede ser —dijo mamá mirando su móvil. Desde que habíamos pegado los carteles con su número de teléfono, no hacía más que mirarlo todo el rato. Quiero decir que lo miraba AÚN MÁS que antes—. No creo que sean capaces de hacer algo así. Además, no tiene sentido. Yo creo que la tiene alguien. Si Troya estuviera sola, abandonada como tú dices, y hubiera llegado hasta EL JARDÍN FELIZ, nos habría esperado en el portal. Con lo lista que es —remató con algo de tristeza.

¡Mi madre!, que es siempre doña Happy, ¡con algo de tristeza!

—Pues yo sigo pensando que ha sido la Martínez —dije yo.

—Y yo —asintió mi padre con la boca llena de aceitunas—. Vamos.

—Vamos —dijo Olivia.

Y yo los seguí.

Mi madre suspiró y dijo que ella no pensaba participar en algo así, que cómo íbamos a acusar a los vecinos de algo de lo que no teníamos pruebas y... Aún seguía hablando cuando abrimos la puerta para llamar al cuarto B.

Y llamamos.

Un sonido como de sirena antialarma fue creciendo y creciendo hasta que...

La puerta se abrió un poco, solo un poco, y apareció la Martínez con el bebé Martínez Martínez en brazos ululando como un energúmeno. La Martínez nos miró con cara de «qué-pasa».

—Hola, buenas tardes —empezó a decir Olivia en modo arcoíris—. Venimos a preguntar si por casualidad no habría visto a nuestra perrita…

¡¡¡¡¡UAAAAAAAH!!!!! ¡¡¡¡¡UAAAAAAAH!!!!! ¡¡¡¡¡UAAAAAAAH!!!!!

—¿CÓMO DICES? ¡NO TE OIGO! —gritó la Martínez mientras el bebé Martínez Martínez no dejaba de berrear.

¡¡¡¡¡UAAAAAAAH!!!!! ¡¡¡¡¡UAAAAAAAH!!!!! ¡¡¡¡¡UAAAAAAAH!!!!!

—¡QUE SI NO HABRÁ VISTO…!

¡¡¡¡¡UAAAAAAAH!!!!! ¡¡¡¡¡UAAAAAAAH!!!!! ¡¡¡¡¡UAAAAAAAH!!!!!

—¿¿CÓMO?? ¡¡HABLA MÁS ALTO!!

La verdad es que fue mala idea hacer hablar más alto a mi hermana.

El modo arcoíris de mi hermana es incompatible con los gritos.

Mi hermana Olivia, cuando grita, pasa a modo niña del exorcista.

—¡¡¡LADRONA DE PERROS!!! ¿¿¿DÓNDE LA DE-JASTE???

Hasta el bebé se calló.

—¿Cómo? —preguntó la Martínez alucinada.

Entonces el traidor de mi padre se rio como diciendo: «cosas de chiquillos», y le dijo que nada, que se nos había ocurrido esto, y lo del ascensor, y tal y tal y tal, y ya sabes cómo son los niños, y, ji-ji, pero vamos, que ya sabemos que es imposible, es lo que les hemos dicho su madre y yo (¿¿Y ÉL??), que era una tontería, que no tenían pruebas...

—¡La puerta! ¿Por qué no abres la puerta del todo? —le solté—. El Martí... Esto... ¡Él hizo lo mismo! ¡Están ocultando algo, papá!

La Martínez resopló como un caballo y, con la mano que le quedaba libre, empujó la puerta y abrió el brazo como si estuviera en un escenario. Su cabeza coincidía con el cuadro del ciervo de la entrada. Por detrás le asomaban dos bonitos cuernos.

—¿Quizás ocultamos este desorden?

Más allá de la entrada con el cuadro del ciervo, el salón de los Martínez parecía mi cuarto en modo leonera. Había un cochecito, una hamaquita, juguetes por todas partes, ropa tendida en las sillas, una tabla de planchar en medio del salón, unas tazas (de ciervos) sin recoger.

—Ya, los bebés... —dijo mi padre comprensivo—. Dan tanto trabajo...

—¡El WhatsApp! —le interrumpí entonces, enfadadísimo con mi padre, y con la Martínez, y con el mundo en general—. Le mandaste un WhatsApp a tu marido cuando encontraste a Troya.

La Martínez puso los ojos en blanco, sacó del bolsillo del pantalón su móvil y, sin dejar de toquetear sobre la pantalla, fue diciendo en plan chula:

—A ver. Fue ayer, ¿no? Como a las siete de la tarde, ¿verdad?

Y entonces, nos plantó delante de las caras una pantalla de WhatsApp donde se leía:

ayer 18:56

La Martínez: Aún estoy en la frutería, churri.
Quieres algo?

El Martínez: Piña.
Y que vuelvas pronto.
Martín y yo te echamos de menos. 😌
Ah! Mira a ver si a la vuelta ves
a la perrita de los vecinos.
Se ha perdido. Imagina.
Están preocupadísimos. 😔

Estaré atenta.
No tardo, churri.

Hasta pronto, gordi.

Hasta ahí nos dejó leer la conversación la Martínez. Hasta la sonrisa.

Lo sabía. Sabía que se llamaban «churri» y «gordi».

Pero mi padre no se fijó en la parte de la conversación que había adivinado, sino en la otra, la que no había adivinado ni de lejos.

—Perdón, perdón, perdón —dijo—. Ya se lo decía yo a los niños.

¿¿CÓÓÓÓÓMO?? ¿¿QUE NOS DECÍA QUÉÉÉ??

—Pero es que, ya sabes —siguió diciendo mi padre—, estamos desesperados por encontrarla.

—Lo entiendo —dijo la Martínez—. Que no me gusten las cacas de perro no significa que no tenga corazón.

Vaya. Qué sorpresa. Luego miró a su bebé, le sonrió y le dijo: «AJÓÓÓÓÓ» con los ojos casi fuera de las órbitas y la boca como un túnel de tren. Parecía uno de esos payasos que se supone que tienen que darte risa pero que dan más miedo que otra cosa. Sin embargo, al bebé, no sé por qué, le hizo gracia y soltó una carcajada.

—Gracias por hacerle callar —dijo luego la Martínez a Olivia—. Ha sido increíble.

—De... de... de nada —dijo Olivia, y luego le hizo

cosquillas al bebé en la planta del pie mientras decía—: Cuchi, cuchi, cuchi.

El bebé volvió a reír.

Qué fácil.

Cómo se notaba que ese bebé no había perdido ningún perro.

Para los bebés está tirado ser feliz.

—Vaya, parece que Martín y tú hacéis buenas migas —dijo la Martínez a Olivia—. Bueno, lo siento, tengo que dejaros. Tengo que poner a Martín un disco de Mozart, y vosotros también tenéis trabajo: tendréis que buscar

OTRO SOSPECHOSO.

OTRO SOSPECHOSO

Al día siguiente, buscamos otro sospechoso.

Volvimos a pensar en lo que había dicho mamá: era imposible que Troya hubiera salido sola de casa. Y en lo que dijo Enrique: algún vecino tuvo que llamar al ascensor. Eso, sumado a la ensaimada enfrente de casa, nos llevaba a una conclusión: algún vecino había secuestrado a Troya.

Al volver del colegio, hicimos los deberes de niños normales. Luego bajamos a la plaza, a nuestro banco, que milagrosamente estaba vacío, e hicimos los deberes de niños detectives.

Olivia hizo un dibujo de la casa, planta por planta. Y luego lo rellenamos con los datos que teníamos.

Para reunir los datos, recordamos quién estaba cuando desapareció Troya, porque así podíamos pensar si la habían podido recoger del ascensor y llevarla a casa, o sacarla a pasear y traerla más tarde.

Además, pensamos qué móvil podía tener cada uno. Pero no si tenían un iPhone o un Samsung o un chino como el de mi abuela o un Nokia del siglo pasado como mi tía. Porque hay móviles y móviles. **Están los móviles que sirven para hacer fotos, jugar a Clash of Clans, mandar WhatsApp... Y están los móviles de un crimen**, que es la razón por la que un delincuente decide robar, matar o secuestrar, pero dicho en plan abogado. Y nosotros buscábamos esos móviles, los motivos para secuestrar a Troya.

Después discutimos un rato, porque yo no quería que Fran apareciera como sospechoso porque es mi amigo, pero Olivia, que tiene mucha manía a Fran, decía que no podíamos estar seguros de nada y que un buen detective no puede dejarse llevar por sus sentimientos y yo le dije que a ver si ella sospecharía de la pesada de su amiga Claudia y entonces Olivia se puso a llorar y... Total, que al final la cosa nos quedó bastante bien (las tonterías en gris las escribió Olivia. Conste).

Aunque el móvil de Pepe era muy cutre... Pero es que para cuando llegamos al bajo B estábamos cansados de tanto pensar. Además, cuando íbamos por el primero B, mamá bajó a buscarnos y tuvimos que terminar el cuadro en casa y allí olía a tortilla o lo que fuera que papá estuviera intentando cocinar. De tanto dar vueltas a todas las posibles combinaciones de ascensor bajando, perro saliendo, vecino cogiendo perro, vecino saliendo con perro, vecino metiendo perro en casa..., al final, resulta que todo era posible.

Si además aplicábamos la norma de los detectives, que básicamente consistía en pensar fatal de todo el mundo, teníamos que todos eran sospechosos. Bueno, todos menos nosotros. Y los Martínez. Y los no-habitantes del primero A.

Y entonces

recibimos

LA LLAMADA.

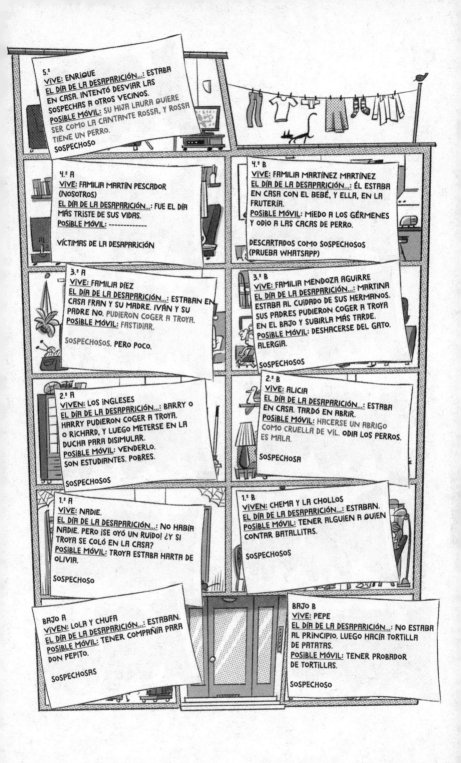

LA LLAMADA

«OCULTO», decía la pantalla.

—¡Roberto! —llamó mi madre a mi padre, que estaba en la cocina.

Mi padre vino al ritmo pachorrón de «qué paaaaaasa» mientras mi madre contestaba el teléfono a ritmo supersónico de «¡que-se-acaba-el-mundo!».

—¿Sí? ¿Diga? ¿Diga?

Mamá escuchó, abrió los ojos como platos, miró hacia papá y le hizo gestos de «corre, corre».

Dejó el móvil sobre la mesa y puso el altavoz.

—Sí, ¿perdón? ¿Puede repetir? No le he oído bien.

—Decía que… Llamo por lo de la recompensa. Perdón. Por lo del perro.

—¿La ha visto? ¿Está con usted? ¿Está con usted nuestra perrita? —preguntó mi madre histérica.

Yo tuve que taparme la boca para no gritar.

—Mmm… —se oyó dudar a la voz—. ¿Cuál es la recompensa que ofrecen? ¿Cuánto dinero?

Mamá miró a papá con cara de «¿Qué hago? ¿Qué digo?». Era papá quien había puesto lo de la recompensa en el cartel, pero nunca habíamos llegado a hablar de ella.

—Pero ¡dígame! **¿TIENE USTED A NUESTRA PERRITA?** —volvió a preguntar mi madre más alto.

—A mí esto me huele mal —susurró mi padre tapando el teléfono.

Mamá olisqueó el aire.

—¡¡A TORTILLA QUEMADA!! —gritó mi madre sin preocuparse del teléfono—. ¡¡¡ROBERTO!!!

Papá salió pitando a la cocina. Creo que acababa de conseguir un nuevo hito en su carrera de Mayor Acumulador de Tortillas Fracasadas.

—¿Cómo dice? —dijo la voz al otro lado del teléfono—. ¿Que si tengo a Tortilla Quemada? ¿O a Roberto? Pero ¿no se llamaba Troya?

—¿Quién? ¿Mi marido?

—No, su perra.

—¡¡PERO LA TIENE O NO LA TIENE!! —chillamos mamá y yo a la vez.

—¿A quién? ¿A Tortilla Quemada?

Mamá se llevó las manos a la cara.

—Troya —dije yo hacia el teléfono—. Nuestra perra se llama Troya. Y díganos de una vez por todas —y entonces gritamos a la vez Olivia-niña-del-exorcista y yo—: **¡¡¡LA TIENE O NO LA TIENE!!!**

Al otro lado del teléfono se hizo el silencio.

—No —y otro silencio—. Bueno, aún no —dijo el hombre por fin—. Pero iba a salir a buscarla… ¿Sabe? Es que no tengo trabajo. Y está muy mal la cosa. Y… Ya no sé qué hacer para conseguir algo de dinero…

Se nos cayó el alma a los pies.

—Gracias —dijo mi madre—. Y suerte. —Y colgó.

Cenamos tortilla quemada «Roberto *style*» en silencio.

—Lo siento, Hugo —dijo mi padre señalando mi plato de tortilla, que estaba casi sin tocar—. Otro día me saldrá mejor.

—Da igual, papá. Tampoco tenía apetito —dije.

Y entonces sonó el timbre, el del portal. Me levanté de un salto y fui corriendo al telefonillo:

—¿Sí?

—¡*VENIL*! ¡*VENIL*!

»¡*PELITO*!

¡*PELITO*!

¡LEAL MADLID!

¡LEAL MADLID!

Bajamos en tropel por las escaleras. Ni esperamos a que llegara el ascensor.

Abajo nos esperaba el abuelo de Jun. Señalaba al fondo de la calle y decía:

—¡*Mielda pelito*! ¡*Yo vel mielda pelito*! ¡*Homble pelito Leal Madlid*! ¡*Leal Madlid*!

Mientras el abuelo de Jun no paraba de gritar y gesticular, mi madre, muy práctica, cruzó corriendo para ir a buscar a Jun al restaurante. Pero Jun ya se había ido a casa. Por suerte, salió una tía de Jun y nos hizo de traductora.

Después de un rato oyendo algo que nos sonaba a chino (como que ERA chino), la tía de Jun nos contó.

Resulta que el abuelo venía de hacer un recado y había visto en la esquina, cerca de la papelería, una ensaimada como la de Troya. Al reconocerla, rápidamente había mirado alrededor. Y en ese momento, desde la esquina, vio a un hombre entrando en nuestro portal con una chaqueta del Real Madrid con capucha…

—Del Real Madrid tenía que ser —interrumpió mi padre.

… y una correa roja. Como nuestra correa. A Troya no la había visto porque el perro ya estaba dentro del portal cuando miró. Y al hombre lo vio casi de espaldas. Además, aunque fue lo más rápido que pudo hasta el portal, para cuando llegó, ya no vio a nadie.

Y entonces fue cuando llamó al timbre.

—*Plegunta* mi *padle* que si saben algo de *nuestlas* luces —añadió la tía de Jun.

De eso no sabíamos nada. Pero, como dijo mi madre, de la persona que tenía a Troya ya sabíamos algo más.

—Sí, que es del Real Madrid —replicó Olivia.

—Y otra cosa —añadió mi madre—: **¡que nunca recoge las cacas! Es un guarro**.

—Pues eso, del Real Madrid —dijo mi padre.

Normalmente me habría enfadado y habría discutido con mi padre. No porque yo fuera del Real Madrid. No solo. Pero estaba demasiado triste para discutir, porque yo ya sabía qué vecino tenía la chaqueta del Real Madrid que había descrito el abuelo de Jun. Sabía quién tenía a Troya.

Y no quería creer
que fuera
ÉL.

ÉL

—No puede ser él —susurré.

—Y ¿quién es él? —preguntó mi madre.

—¿A qué dedica el tiempo libre? —preguntó mi padre. Era la letra de una canción. Me parece.

Él estaba apuntado como sospechoso en nuestro dibujo, como todos. Pero él era siempre tan simpático... Nos llevábamos tan bien...

—Él es... Enrique.

Mis padres y Olivia pusieron la misma cara que tenía yo desde que había oído la descripción de la chaqueta: cara de «imposible».

—No puede ser —dijo Olivia.

—Pues, cuando hicimos el dibujo, bien que recordaste que Laura estaba loca por Rossa y que Rossa siempre iba con un chihuahua en el bolso y que Laura, por imitarla, hasta había pedido para Reyes un perro de mentira y lo paseaba por todas partes. Por eso los pusimos como sospechosos —expliqué yo.

—Era solo porque los detectives tienen que pensar que lo imposible es posible.

—Pero es que esto es imposible imposible del todo —dijo mi madre—. Lo habríamos visto subir con Troya.

—No necesariamente —contesté yo en voz baja. Ya habíamos pensado en cómo podía haberlo hecho cuando hicimos el dibujo de los sospechosos—. Podría haber subido con ella mientras estábamos en el garaje. O en ascensor, mientras íbamos piso por piso por las escaleras.

—Pero no tiene sentido —insistió mi madre—. Laura solo pasa algún fin de semana con su padre. Además, Enrique viaja muchísimo. No puede cuidar de un perro. Y es encantador.

—Y eso que es del Real Madrid —tuvo que añadir mi padre.

Nos costaba creerlo, pero la descripción del abuelo de Jun no dejaba lugar a dudas. Conocía esa chaqueta porque es la misma que quería que mis padres me compraran, la misma que ellos, para variar, se negaron a comprarme. El día que se la vi puesta a Enrique se lo dije.

—Cuando quieras, te la presto —me dijo guiñándome un ojo—. Aunque aún te irá un poco grande. Pero al paso que vas...

¿Cómo iba a ser él quien secuestrara a Troya? Sin embargo, todas las pruebas apuntaban a él.

Subimos a su casa. Fuimos en ascensor hasta nuestra planta y luego subimos andando hasta el quinto.

Llamamos.

Nada.

Volvimos a llamar.

Nada.

Nos quedamos escuchando.

Nada.

Parecía que no había nadie en casa. ¿Cómo era posible?

—Igual bajó directo al garaje y se fue en coche... —aventuró Olivia.

—Es tarde. Tenemos que volver a casa —dijo mi madre—. Si vuelve, lo oiremos.

Nuestro piso está justo debajo del suyo.

Bajamos a regañadientes y cuando llegamos a la puerta de casa nos dimos cuenta de que no teníamos llaves. Habíamos salido tan corriendo que ni papá ni mamá las habían cogido.

Papá y mamá se miraron con cara de horror.

Era tarde. Estábamos cansados. Y el único que tenía copia de las llaves era... el presidente de la Comunidad.

Había que bajar a casa de Chema y la Chollos.

—¿Y si nos quedamos esperando aquí? —dijo Olivia.

—Sí, ya me quedo yo aquí con los niños —se ofreció mi

padre al momento, y se sentó en las escaleras—. Baja tú, Nuria.

Mi madre levantó a mi padre como una grúa y dijo:

—Ni hablar. Bajamos todos juntos. A ver si así damos algo de pena.

Bajamos por la escalera. Olivia iba la primera, luego yo, luego mi padre y luego mi madre, empujando a mi padre para que no se escaqueara.

Cogimos aire y llamamos al timbre.

Y abrió…

Chema.

Soltamos aire.

—¿Ya habéis encontrado a Troya? —nos preguntó nada más vernos.

Era el nuevo saludo de todos los vecinos. Cada vez que nos encontrábamos a alguno, en vez de «hola», decía: «¿Ya habéis encontrado a Troya?».

—Ni a Troya ni las llaves de casa —dijo mamá. Chema se volvió para buscar las llaves en una cajita. Se oía el sonido de un televisor lejano—. Perdona las horas. Es tardísimo. Los niños tendrían que estar en la cama, que cuanto antes se acuesten… Bueno, ya lo sabrás tú por tu nieto. Ya debe de estar mayor, ¿no?

Hacía tiempo que mi madre había descubierto que,

mientras ella hablara, Chema no hablaría, aunque hablar del nieto de Chema y la Chollos era como hacerlo de un fantasma. Decían que existía, pero nadie lo había visto nunca.

—Oye, Chema, ¿no habrás visto a Enrique? —aterrizó por fin mi madre.

—Sí, lo he visto esta mañana. Se iba de viaje hoy mismo. A París, me ha dicho. —Y de repente… esa mirada, la mirada inconfundible de las batallitas—. Yo una vez en París…

Pero yo ya no oía nada de la batallita de Chema en París. ¿Cómo que París? ¿Se habría llevado Enrique a Troya a París? ¿Cómo iba a vivir mi perrita en un sitio donde ni siquiera pueden pronunciar bien su nombre? ¡Ay, *Tgoya*! ¡Qué iba a ser de ti!

En ese momento, casi se me para el corazón.

—¿Lo habéis oído? —pregunté—. ¡UN LADRIDO!

—Sí, hijo, sí —dijo Chema con voz cansina—. Don Pepito, el perro de Chufa y Lola, y la tele de Chufa y Lola, y las conversaciones de Chufa y Lola… Aquí lo oímos todo. Creo que les voy a regalar un sonotone más potente o me van a volver loco. Y eso que no están justo debajo…

—De todas maneras, Troya no ladra —dije yo.

Olivia, nada más oír «Troya», se echó a llorar.

—Ya ves cómo andamos, Chema —aprovechó mi padre—. Perdona, vamos a subir a acostar a los niños.

Cuando llegamos a casa, me cayó la tristeza como una de esas lluvias que te empapa en dos segundos. Ya sé que no tiene nada que ver, pero la mesa puesta con los platos con restos de tortilla quemada me hizo recordar el instante cuando llegaba a casa y Troya saltaba sobre mí hasta casi tirarme al suelo. Ya no

había saltos de Troya ni lametazos, ni meneos de rabito, ni mordiscos cariñosos, ni destrozos, ni nada. Y todo, todo, todo, hasta los destrozos en mis zapatillas favoritas, lo echaba de menos.

—Vamos, niños. Hoy recojo yo —dijo mi padre apilando los vasos de la mesa—. A lavar los dientes, pis y a la cama.

—Tiene razón papá —dijo mi madre, empujándonos hacia el baño—. Hoy ya no podemos hacer nada más.

»Solo
nos queda
SOÑAR.

SOÑAR

Me desperté antes de que sonara el despertador, antes de que mamá viniera a desenterrarme de las sábanas, antes de que fuera la hora de empezar el «corre-desayuna», «corre-dientes», «corre-vístete», «¡no-te-has-peinado!» de cada mañana. Me pareció oír ruidos en el salón.

Fui medio dormido, descalzo y en pijama, pero me desperté de golpe.

La mesa del salón estaba llena de macetas, cables, tierra, plantas de mentira, plantas de verdad, discos duros… Era como una mezcla de tienda de informática y floristería.

—¿Qué hacéis? —pregunté frotándome los ojos.

—¡He tenido un sueño! —gritó mi padre emocionado, como dijo no sé quién muy famoso.

Mi madre no parecía tan emocionada:

—Y yo tengo un marido que ha tenido un sueño y que es un poco inútil… —dijo entre bostezos.

—¿Qué pasa? —preguntó Olivia más dormida que despierta. No se le veían ojos, solo dos rayitas—. Me habéis despertado.

—**¡El caballo de Troya!** —exclamó mi padre, como quien dice «¡la capa de la invisibilidad!»—. He soñado que estábamos escondidos dentro de Troya, como los soldados dentro del caballo de madera, y por la noche salíamos y averiguábamos dónde estaba y la rescatábamos.

Mi madre puso los ojos en blanco y luego hizo el gesto de «me lavo los dientes y me rizo el pelo», ese que le habíamos enseñado para decir que alguien estaba un poco loco. Pero mi padre seguía como si se hubiera tomado catorce coca-colas:

—Y bueno, eso no podemos hacerlo. Peeeeero ¡¡podemos averiguar dónde está!! ¿Cómo?, os preguntaréis.

Nosotros aún no nos preguntábamos nada porque estábamos medio dormidos. Éramos como esos corredores que van a dos por hora a los que de repente pasa otro corredor que ya ha dado dos o tres vueltas más. Papá era el corredor pasado de vueltas.

—Pues bien, ¡yo os diré cómo lo haremos! ¡Con «la maceta de Troya»!

Empujó una de las macetas que había sobre la mesa y nos la mostró como si fuera el ayudante de un mago. Y luego siguió como si estuviera en un anuncio de teletienda.

—Con la maceta de Troya ya no habrá más dudas sobre la culpabilidad de los vecinos. ¡Se acabaron las sospechas! ¡Adiós a las miraditas de «has sido tú, te crees que no te he visto»! **La maceta de Troya transforma las sospechas en ¡pruebas!**

Era igual igual que ver un anuncio.

—Tras una apariencia decorativa, la maceta de Troya oculta un sofisticado sistema de vigilancia…

—Una cámara web monda y lironda —le interrumpió mamá.

—¡Déjame terminar! —dijo mi padre, y siguió—: … un sofisticado sistema de vigilancia que permitirá observar a los vecinos sospechosos. La maceta de Troya controla sus movimientos y estos quedan grabados en el ordenador para su posterior visionado. Además, la maceta de Troya se coloca en zonas comunes salvaguardando así la intimidad de los vecinos...

—... Y evitando acabar en la cárcel por espiarles en sus casas —explicó mamá—. Aquí donde lo veis, el descerebrado de vuestro padre pretendía regalar la maceta con la cámara a Enrique para que la metiera dentro de su casa.

Yo no dije nada, pero a mí me parecía buena idea.

—Claro, como el auténtico caballo de Troya.

—Menos mal —siguió mamá— que le he convencido de que sería suficiente pillarle in fraganti con Troya cuando entre o salga de su casa.

—Es que, claro, si regara la planta, se podía cargar la cámara —dijo papá.

—**Pero, sobre todo, ¡es que no tenemos por qué ver lo que hace en casa!** ¿Os gustaría a vosotros? Además, ni siquiera sé si es legal.

—Tampoco es legal secuestrar animales —dijo papá—. Bueno, ¿qué? ¿Qué os parece?

Se le veía tan orgulloso de su idea que cualquiera le decía nada. Era como decir a un niño que la pista de Hot Wheels que le habían traído los Reyes era una caca pinchada en un palo.

—Pero, papá —dijo Olivia—, ¿no es más fácil esperar a que venga Enrique y preguntarle?

—Mmm… ¿Y si lo niega? —dijo papá recuperándose rápidamente. Su entusiasmo era un globo a prueba de pinchazos—. Acordaos de lo que dijo cuando subisteis a preguntar por Troya. No parece un delincuente muy dispuesto a confesar su culpabilidad.

—No parece un delincuente y punto —dijo entonces mi madre.

Pero mi padre siguió con su discurso de inventor loco de una agencia secreta de investigación:

—**¡Pruebas! ¡Lo que necesitamos son pruebas!** Y eso es lo que nos dará la maceta de Troya.

—Cuando vuelva Enrique con Troya —dije yo.

—Cuando vuelva —repitió mi padre.

—Si vuelve —dije.

—Hijo, no seas cenizo —replicó mi madre—. Que pareces tu amigo Fran.

—De momento —dijo papá— parece que…

»habrá que

ESPERAR.

ESPERAR

Antes de ir al colegio, colocamos la maceta en el rellano del quinto piso.

—Pues la verdad es que queda bonita —dijo papá muy orgulloso.

—¿Está bien enfocada la cámara? —pregunté yo, intranquilo.

—Tendríamos que haberle puesto un lazo —dijo Olivia.

Mamá bajó a casa y miró en el ordenador para comprobar si se veía bien. Y se veía. Era imposible que Enrique entrara con Troya sin que lo pilláramos.

Luego, al llegar al colegio, tuve que pasar otra vez por el trago de responder a la pregunta de cada día desde que había desaparecido Troya: **«¿La habéis encontrado ya?»**. Cada vez que decía «no», me sentía más pequeño, más solo, más triste. Algunas veces, cuando prefería no hablar por si me entraban ganas de llorar, Fran respondía por mí diciendo: «No, y a este paso...», mientras meneaba la cabeza. Y eso tampoco ayudaba mucho, la verdad.

Las horas en el colegio se me hicieron eternas. Me metieron siete goles en el recreo. Estaba deseando llegar a casa.

—¿Ha vuelto Enrique? —pregunté a papá cuando vino a buscarnos.

—Aún no.

Llovía y nos quedamos toda la tarde en casa. Papá hasta nos dejó ver la televisión. Al fin y al cabo, el trato era que no veíamos la tele si estaba Troya, y Troya ya no estaba. Aun así, habría cambiado cien capítulos de *Los Simpson*, mil de *The Big Bang Theory* y cien mil noticias de deporte por estar un rato, aunque solo fuera un ratito, con Troya.

Esta vez papá no tuvo que pedirnos que bajáramos el volumen porque lo pusimos muy bajo por si oíamos llegar a Enrique. Y así pasamos la tarde, tirados en el sofá.

Antes de acostarnos, pedí permiso para mirar lo que había grabado la cámara. Pero cuando llevaba ya ocho minutos viendo el felpudo de casa de Enrique, la puerta de la casa de Enrique, el pomo de la puerta de la casa de Enrique, la mancha negra del pomo de la puerta de la casa de Enrique... y una mosca, lo dejé. Me dolía la cabeza.

No me acuerdo muy bien de lo que soñé, pero sé que era algo de puertas. Y también fue una puerta lo que me despertó por la mañana. Primero un portazo y luego un:

—**¡Está aquí! ¡Está aquí!** —estaba gritando mamá en susurros.

Era sábado y mamá se había levantado temprano para comprar churros. Y ¿a que no sabéis qué había encontrado a la vuelta de la churrería?

Una ensaimada mini modelo «Esta la hizo Troya».

Nos despertó a todos para contárnoslo. Había preguntado al churrero si había visto a Troya, pero por ahí solo habían pasado un pastor alemán y un cachorro medio dálmata. Sin embargo, estaba claro que esa caca no podía ser de otro cachorro que el nuestro.

Encima, por si eso no fuera suficiente, de repente nos llegó un sonido atroz:

—**Suéltalooooo, suéltalooooooo**...

Era la voz inconfundible de Laura, la hija de Enrique, con su micrófono, cantando, o más bien desafinando, su canción favorita.

—¡Troya! —grité, y fui corriendo hacia la puerta dispuesto a salir en pijama y recuperar cuanto antes a mi perrita.

Mi padre se plantó en medio de la puerta y me impidió salir.

—¡Espera! —dijo—. Vamos a ver qué ha grabado la cámara. **¡Tenemos que reunir pruebas!** ¿O no os acordáis del ridículo que hicisteis con los Martínez Martínez?

—Querrás decir «el ridículo que hicimos»... —dijo mi madre.

—Que hicisteis —repitió mi padre, mirando a mi madre.

Mi madre lo dio por imposible.

—Pero ¿qué más pruebas quieres, papá? —le dije yo—. Ha vuelto Enrique y han vuelto a aparecer las cacas de Troya. ¡Y es su chaqueta, seguro!

—Pero recuerda que el primer día negó haber visto a Troya. Si subimos con la prueba, esta vez no podrá negarlo.

—Tiene razón tu padre —dijo mamá—. No vamos a subir así a lo loco y acusar a Enrique de algo que no sabemos seguro si ha hecho.

Pero yo sí estaba seguro de que Enrique había secuestrado a Troya.

Aun así, nos sentamos los cuatro ante el ordenador. Pasamos a toda prisa lo grabado durante la noche y fuimos a la parte de la mañana.

Ahí estaban.

Habían llegado hacía solo media hora: Enrique, Laura…
Y nadie más.

¿Cómo podía ser? ¿Dónde estaba Troya? ¿Se habría quedado en París? Pero no podía haber mandado una caca desde París, y mamá decía que la ensaimada que había visto a la vuelta parecía «tan recién hecha como los churros», cosa que hizo que Olivia decidiera no probar ni uno.

No había más remedio. Teníamos que subir y averiguarlo. Pero no podíamos hacerlo de cualquier forma. Había que hacerlo bien, como un auténtico

DETECTIVE.

DETECTiVE

—**Dejadme a mí** —**dije, mientras íbamos subiendo** las escaleras.

—Abran paso a Negociator —se burló mi padre.

—Sin gritos ni acusaciones —advirtió mi madre—. Primero hay que enterarse de qué ha pasado.

—Elemental, querida madre —dije, y llamé al timbre.

Enrique abrió la puerta con otra ropa diferente de la que llevaba cuando llegó y que habíamos visto en la cámara. Era ropa de deporte.

¡Ajá!

—¡Hombre, si son los Martín Pescador al completo! —dijo sorprendido.

¡Ajajá!

De repente, se oyeron otra vez los gritos de Laura cantando.

—**SUÉLTALOOOOO, SUÉLTALOOOOOO...**

—Ya no hay nada queee perder —canturreó mi padre.

Y luego, los dos juntos, Laura y mi padre:

—Qué más daaa, ya se descubrióóóó.

A Enrique le cambió la cara. Se le puso una cara que expresaba claramente algo... ¡Culpabilidad!

¡Ajajajá!

—¡Uy, perdón! Ya sé a qué venís.

¡Requetejajá!

—Déjalo escapaaar —cantó Laura.

—Os ha despertado Laura con sus gritos. Es eso, ¿no? —dijo Enrique convencido.

—El frío a mí nunca me molestó —terminó de cantar Laura.

Y fue como un jarro de agua fría.

—Mira que le he dicho veces que no ponga el micrófono ese —se justificó Enrique. Y luego, bajando la voz—: Cualquier día de estos le quito las pilas. —Y luego—: ¿Queréis pasar a desayunar? —¡Y luego dijo!—: He comprado churros. Aún están calentitos.

¡AJAJÁ!

Nos miramos entre nosotros. Estaba claro.

—¿Qué os pasa? —dijo Enrique, extrañado de nuestras miradas y nuestro silencio—. ¿Sois de la Liga Anti Fritos? Me habéis mirado como si hubiera dicho: «He matado cinco gatitos con mis propias manos».

—Gatitos, gatitos… No se trata de gatitos precisamente —dijo mi padre.

Pero, antes de que metiera la pata, me adelanté yo. Sabía exactamente cómo manejar la conversación para conseguir una prueba. O al menos un indicio. Y era mejor no adelantarle nuestras sospechas.

—Enrique, te quería pedir un favor. ¿Te acuerdas de aquella chaqueta del Real Madrid que me gustaba tanto?...

Pero, antes de que me diera tiempo a pedírsela para bajar a que el abuelo de Jun nos confirmara que era LA chaqueta, Enrique me interrumpió:

—¡Ahí va! ¡Menos mal que me lo recuerdas! Se me había olvidado por completo.

—¿El qué? —preguntó Olivia.

—Que tengo que bajar a reclamarla. Hace unos días la lavé, la tendí y se me debió de caer. Cuando fui a quitarla del tendedero, ya no estaba. Ha tenido que caer en el patio de Chufa y Lola.

Mamá, papá y yo conseguimos no gritar. Olivia no. Olivia hizo una especie de «AAAH» para dentro, y Enrique arrugó la frente, inclinó la cabeza hacia un lado y hacia otro antes de decir:

—Vaya, no imaginaba que os iba a afectar tanto. ¿Pasa algo?

Mamá subió los churros que había comprado, los pusimos en común con los de Enrique y desayunamos chocolate con churros y sospechas.

Mordisco a mordisco, fuimos contándole todo lo que habíamos pensado.

—¡Qué bien, papi! ¡Has robado un perrito para mí! —dijo Laura, que no acababa de entender la cosa—. **¡Ya solo me falta tatuarme una mariposa para ser igual que Rossa!**

—¿Tatuqué? —empezó a decir Enrique, pero entonces se volvió hacia nosotros y preguntó alucinado—. Pero ¿¡cómo podíais pensar que había cogido a Troya!? No podría cuidarla con tanto viaje.

—Eso mismo les decía yo —dijo el caradura de papá.

Mamá, que era quien lo había dicho de verdad, puso los ojos en blanco.

—Además, no tiene sentido. Tarde o temprano lo descubriríais.

—Ya, pero entonces... —dijo Olivia—. ¿Y lo que nos contó el abuelo de Jun?

—¿Y si...? —empecé a preguntar yo, que es la frase del detective que no se rinde—. Mamá, tú siempre has dicho que Chufa y Lola son muy modernas.

—Sí, llevan el pelo morado —dijo Olivia.

—Rossa también lleva un mechón morado. ¡Papi, quiero el pelo morado! —gritó Laura.

—Bueno, creo que lo del pelo morado fue sin querer. La peluquera… —empezó a decir mamá.

—Pero no he visto a otra mujer de casi noventa años con mallas —comenté yo.

—¿Y? —dijo papá, que no me seguía.

—Que quien lleva mallas bien puede llevar…

—¡Una chaqueta de chándal del Real Madrid con capucha! —acabó diciendo Enrique.

Enrique se puso entonces en pie y todos los demás le imitamos.

—Vamos a hacer…

una visita a

LAS MODERNAS.

LAS MODERNAS

Cuando Lola abrió la puerta, se hizo evidente que nos faltaba un plan. Pero ya era demasiado tarde.

Lola llevaba una bata floreada de color fucsia, una redecilla en el pelo y unas pantuflas moradas de peluche. No llevaba el sonotone ni los dientes.

—¡Uy! ¡Qué *pafa*, qué *pafa*! —dijo asustada al encontrarse una comitiva de seis personas a primera hora de la mañana de un sábado.

—¡BUENOS DÍAS, LOLA! —gritó Enrique.

Yo intentaba asomarme por detrás de Lola para ver si veía a Troya. Pero al único que vi fue a Don Pepito. Vino corriendo por el pasillo, ladró un poco y se acercó a mí.

—Hola, Don Pepito —le susurré.

—Hola, Don José —dijo mi padre.

Era una canción. Mi padre no se puede resistir a una canción medio empezada.

Yo acariciaba con tristeza a Don Pepito. Sin Troya, era incapaz de disfrutar de la compañía de cualquier otro perro. Todos los perros me recordaban a ella. Todos me ponían triste.

Mientras, Enrique intentaba que Lola lo oyera.

—Uy, no, no. *Achaquef* en el patio, no. *Lof achaquef lof* tengo en la *pienna*. Ya no puedo ir a ninguna *pante fin baftón*, hijo mío.

—¡¡NOOO!! ¡¡«ACHAQUES EN EL PATIO», NO!! **¡¡QUE SI HA VISTO «U-NA CHA-QUE-TA» EN EL PA- TIO!!** —repitió por tercera vez—. ¡¡SE ME CAYÓ EL OTRO DÍA!!

—Uy, no, no. Aquí no *fe* ha caído nada. Bueno, una pinza y *unaf hojitaf* de menta. Del viento.

—EL VIENTO AÚLLA Y SE CUELA EN MI INTERIOR —Laura empezó a canturrear otro trozo del maldito «Suéltalo» de *Frozen*.

—LO QUISE CONTENER PERO SE ESCAPÓ —no pudo resistirse a seguir mi padre.

Mi madre giró la cabeza y lo miró con cara de «¿Ya?».

—¿Y NUESTRA PERRITA? —preguntó entonces.

—¿Cómo *dicef*, guapa? ¿Qué Rita?

—**¿¿QUE SI HA VISTO USTED A NUESTRA PERRI-TA??** —insistió mi madre.

—Uy, no, no. Tampoco *fe* ha caído la perrita a *nueftro* patio. ¿Pero no *fe* había perdido? ¿Ya la han encontrado?

—¿¿PODEMOS PASAR?? —preguntó mi padre.

141

—¡Uy, no, no! —dijo Lola cerrándose la bata—. *Eftamof fin* arreglar. *Vamof, Don Pepito.*

Don Pepito entró y nosotros nos quedamos como estábamos.

En silencio, pero sin dejar de mirarnos, cogimos el ascensor y acabamos reunidos en mi casa.

—¿Qué os parece? —preguntó Enrique.

—Que llevaba unas pantuflas monísimas —contestó Olivia.

—Que ocultan algo —dije yo.

—Sí, la cara sin maquillar y la dentadura en un vaso de agua —replicó mi madre—. ¡Vamos, cómo vamos a acusarlas por eso! ¡Yo tampoco habría dejado entrar a una panda de locos que me pillan en bata un sábado antes de las diez de la mañana!

—Pero ¿y si cogieron a Troya para que hiciera compañía a Don Pepito? —recordó Olivia.

—Eso es un disparate —insistió mi madre—. Si hubieran hecho una cosa así, tendrían muy claro que las pillaríamos, tarde o temprano. Son modernas, pero no son tontas.

—Modernas... —dijo mi padre pensativo. De repente se le iluminó la cara—. ¡Ya sé! ¡Usaremos sus mismas armas!

—¿Pantuflas moradas? —preguntó Olivia.

—¿Dentaduras postizas? —aventuré yo.

—¿Batas floreadas? —dijo mi madre.

—¿Un sonotone? —sugirió Enrique.

—¿Eso qué es, papi? —preguntó Laura.

—Sí, sí. Reíros —dijo mi padre—. Pero tengo un plan infalible.

»A las modernas
con moderneces:

usaremos...

LA MACETA
DE TROYA.

LA MACETA DE TROYA

(ATACA DE NUEVO)

Papá quería regalarles la planta con la cámara y metérsela en casa, así que mamá tuvo que volver a explicarle lo del derecho a la intimidad y la diferencia entre obtener información y espiar y que si la cárcel y...

—Pero ¿qué quieres? ¿Verlas en camisón? —acabó diciendo mi madre.

Creo que fue el argumento definitivo.

—Además —dije yo—, es mejor poner la cámara fuera, en el portal. Así, si Troya no está con Lola y Chufa pero está con otro vecino, lo pillaremos.

—Pero ¿con quién va a estar? —preguntó mi padre—. ¡Ellas tienen que tener la chaqueta de Enrique!

Pero Enrique, Olivia y mamá me dieron la razón.

—¡Bien pensado, Hugo! —dijo Enrique.

—Es más —añadió Olivia la listilla—, podemos dejar la cámara enfocando hacia la calle. Así veremos si alguien pasa con Troya, aunque no sea un vecino.

—Es verdad —recordó Enrique—. Podría haberse ido con un repartidor o con un cartero. Pero lo que está claro es que sigue por el barrio.

—Como sus cacas —dije yo.

Olivia puso cara de asco, pero Laura se echó a reír.

—**Cacas, cacas** —empezó a decir. La oye mi abuelo Felipe y le da un infarto—. **¡Ha dicho «cacas», papi!**

—Ya lo sé, hija —dijo Enrique.

Y colocamos la maceta en el portal enfocando hacia fuera. En el ordenador comprobamos el ángulo. Era perfecto. Se veía justo la salida del portal, la calzada y hasta la acera de enfrente, hasta la puerta de EL JARDÍN FELIZ.

Olivia y yo nos turnamos delante del ordenador para vigilar.

No he pasado un sábado más aburrido en mi vida.

Vimos a los Martínez Martínez salir con el bebé.

Vimos a Alicia salir y entrar cinco minutos después con seis barras de pan. (Alicia, ojo al dato, vive sola.)

146

A la vuelta, y eso fue lo más emocionante que pasó en toda la mañana, la vimos pararse delante de la maceta con cara de «Quién-ha-puesto-eso-ahí-que-se-va-a-enterar». Miraba tan fijamente que por un momento temimos que descubriera la cámara.

Vimos salir a Alberto y a Marina Porcierto con Martina, Albertito y Valentina. Iban vestidos todos a juego. «Ideales», que diría mi abuela. Solo les faltaba po-

ner un lazo color crema a la pelota de baloncesto que llevaba Valentina.

Vimos a Richard y a Barry volver de la calle, y a Barry sacándose un moco cuando creía que nadie le veía.

Vimos a Enrique y a Laura salir a comer fuera y, antes de dejar el portal, los vimos plantarse delante de donde ellos sabían que estaba la cámara. Enrique nos sacó la lengua y Laura hizo la rueda, y luego los dos nos sonrieron de oreja a oreja.

A lo largo de la mañana, en la calle vimos pasar varios perros: la pareja de teckels que iban juntos; el yorkshire del lacito rosa; el pastor alemán; un perrillo negro, melonero y tristón; un golden retriever blanco bastante viejito, y dos perros mezcla muy graciosos. Pero ni rastro de Troya.

Papá y mamá nos prohibieron comer mirando la pantalla del ordenador, así que comimos deprisa y corriendo para pasar rápido lo que se había grabado mientras comíamos y seguir vigilando. El principio de la tarde fue aún más aburrido porque no pasaba nadie. Ni coches.

—Chicos, la gente estará comiendo o durmiendo la siesta. Hasta Troya estará durmiendo la siesta —dijo mi madre.

Solo de pensar en Troya durmiendo, Troya acurru-cada en mi cama, Troya con los ojitos cerrados hecha un ovillo..., me entraron ganas de tirarme en la cama a no-hacer-nada. Ni ver la tele. Ni escuchar música. Ni aburrirme. Ni negociar. La nada más absoluta. Pero, en mi casa, no hacer nada siempre ha estado muy mal visto.

En cuanto mi padre me vio así, exclamó:

—**¡Vamos a dar una vuelta! Es una orden.** —Lue-go me miró fijamente y añadió—: Y es innegociable, Negociator.

Conste que si salimos fue porque no tenía ganas de negociar, que si no... El caso es que cogimos las bici-cletas, los cascos y la pena, y salimos camino del par-que. Yo iba mirando el suelo atentamente. No me atre-vía a soñar con encontrar a Troya, pero al menos me imaginaba encontrando una caca de Troya en cada cruce, en cada centímetro del carril bici, en cada paso de cebra.

No fue así.

Y mientras mis pies pedaleaban, en mi cabeza, a falta de cacas en el carril bici, no dejaba de ver la pan-talla del ordenador con esa imagen borrosa de la calle vacía, esa imagen que parecía una foto fija.

Cuando volvimos, repasé lo que se había grabado. Y, bueno, no te cuento el resto de la tarde porque es tan aburrido que dejarías el libro sin llegar a enterarte de lo que pasó y te perderías lo más emocionante

porque...

porque...

AQUELLA NOCHE...

AQUELLA NOCHE

Decía la grabación que había sucedido a partir de las 3:48 de la madrugada.

Fui el primero en verlo por la mañana. Todos dormían como ceporros. Pero me encargué de despertarlos.

—¡VENIIID! ¡¡VENIIIID!! —les grité.

—¿Qué pasa? ¿Qué pasa? —vino preguntando mi madre.

—¡Troya! —vino exclamando mi hermana.

—¡Que es domingo! —vino quejándose mi padre.

Y entonces señalé hacia la pantalla.

—Pero… —dijo mi madre.

—¿Ein? —dijo mi hermana.

—¿Qué demonios? —dijo mi padre.

Y se despertaron de golpe.

En la pantalla se veía una escalera apoyada en la fachada de EL JARDÍN FELIZ y, en lo alto, los pies y el final de unas piernas. El ángulo de la cámara no daba para ver más.

—¡Quién es! ¡Tira hacia atrás! —pidió mi madre.

—¡No, espera! —dijo mi padre, deseando saber qué pasaba después.

Las piernas estuvieron ahí colgando de la escalera bajo una luz mortecina durante un buen rato.

De repente, pareció como si alguien hubiera cambiado la luz, como si se hiciera más de día de golpe.

Y, luego, otra vez más luz. Y cada vez se veían mejor esas piernas con pantalones de chándal azules y esas zapatillas blancas.

Tras otro golpe de luz, se distinguía hasta un hilillo blanco que había en el bajo del pantalón y una manchita como de pintura blanca.

Y, por fin, hubo un golpe de luz más y las piernas empezaron a bajar de las escaleras. Entonces vimos el resto de las piernas, la cinturilla de la chaqueta, la tira de tela de una riñonera, la espalda de una chaqueta también azul, los hombros, el cuello, los cuatro pelos, la calva... Y cuando el dueño de «las piernas misteriosas gradualmente iluminadas» se dio la vuelta, todos vieron lo que yo, que había visto la grabación desde el principio, ya sabía: a Pepe.

Pepe cruzó la calle, que parecía mejor iluminada desde entonces. Se dio la vuelta, se quedó mirando hacia el restaurante chino un buen rato, de espaldas a la cámara.

Cuando se volvió de nuevo, sonreía.

—¿Veis qué gran idea, la maceta de Troya? —dijo papá todo orgulloso.

—¡Páralo ahí! —ordenó Olivia—. ¿Qué es eso?

De la riñonera de Pepe sobresalían dos bombillas. Dejé el ordenador y fui corriendo a la ventana, a mirar el cartel de EL JARDÍN FELIZ. Estaba seguro de que ahora volvería a ser EL JARDÍN FELIZ.

—Ahora es imposible verlo —dijo mamá, que vino a mi lado—. Pero esta noche lo comprobaremos.

—¿Tú crees que estaba arreglándolo? —dije yo.

Y mamá no dijo nada, pero cuando me volví a mirarla, movía la cabeza de arriba abajo como si tuviera un muelle en el cuello.

Y tenía en la cara
la misma sonrisa de
PEPE.

PEPE

No pudimos resistirlo. No podíamos esperarnos a comprobarlo. En cuanto abrieran el restaurante, bajaríamos a contárselo a Jun y a su abuelo.

Nos dividimos en cuatro equipos: equipo camas, equipo churros, equipo ventana, equipo ordenador. Lo de equipos es un decir porque, hasta que vino Fran a media mañana, cada equipo era de una sola persona. Sorteamos a quién le tocaba cada cosa y quedó así:

- **papá** fue a por churros dando una vuelta para ver si detectaba rastros de Troya (que no los detectó),
- **mamá** se quedó mirando por la ventana con una doble misión: controlar si abrían el restaurante

chino (que no abrió) y vigilar si aparecía Troya (que no apareció),

- **Olivia** hizo guardia ante el ordenador mirando si Troya salía por el portal (que no salió) y...
- **y a mí** me tocó lo peor: hacer TODAS las camas y poner la mesa para el desayuno.

Cuando intenté negociar para cambiarme de equipo, mi madre me soltó, en plan comprensiva:

—Hugo, ya sé que necesitas espacio. Metros y metros de espacio —dijo con un gesto que pensé que era de «vamos a ampliar tu cuarto» pero resultó ser gesto de «así se estiran las sábanas»—. De hecho, en vez de los mantelitos individuales, puedes poner el mantel grande en la mesa.

Y se fue a mirar por la ventana como si acabara de hacerme el favor de mi vida al dejarme estirar metros y metros de sábanas, y metros y metros de mantel.

Cuando subió papá, trajo noticias frescas: no tenía sentido seguir mirando por la ventana porque el restaurante no abriría hasta la noche. Había un cartel que decía que cerraban a mediodía por asuntos familiares.

—Creía que los chinos no cerraban nunca —dijo mi madre.

—Digamos que tienes ciertas lagunas sobre cultura china —le dije yo.

Mi padre me frotó la cabeza muy orgulloso.

Pasamos otro aburrido día de vigilancia hasta que, por fin, a última hora de la tarde, oímos subir la persiana de EL JARDÍN FELIZ.

Bajamos todos corriendo, Fran incluido, y Olivia entró al restaurante gritando:

—¡Jun! ¡Jun!

Se dieron un abrazo de «hace siete años que no te veo» y se pusieron a dar saltitos. Fran y yo nos miramos y los dos hicimos el gesto de vomitar a la vez. Eso es conexión, y no tanto saltito. Aún estaban dando saltitos cuando mi padre empezó a contar lo que habíamos visto en el vídeo… Desde el principio. Se estaba enrollando tanto —que si las piernas, que si la escalera…— que me puso nervioso. Total, que lo corté y resumí para que Jun tradujera a su abuelo:

—No sabemos quién estropeó las luces del letrero. Pero creo que sabemos quién las ha arreglado.

El abuelo de Jun abrió los ojos tanto que no parecía chino. Luego dio a un interruptor y salimos fuera a mirar. Había tanta luz que era difícil asegurarlo pero… **Parecía que EL JARDÍN FELIZ ya no era EL IN FELIZ.**

El abuelo habló en chino y Jun habló en castellano:

—Dice que quiere ir a verlo. Ver al hombre que arregló el cartel.

Y allá que fuimos: Jun, su abuelo, su madre, Fran, mamá, papá, Olivia y yo.

Yo me saqué la lengua a mí mismo al pasar delante de la cámara-maceta de Troya. De pronto, mi olfato de detective hizo saltar la alarma.

—¿No notáis algo raro? —dije.

Todos pusieron cara de pez, que es cara de «no noto nada».

—¡El silencio! ¡No se oye nada! ¡Ni la radio, ni la tele! —les di la solución al enigma—. Es como si Chufa y Lola hubieran salido. ¡Igual se han llevado a Don Pepito y a Troya de paseo! ¡Vamos a subir a ver qué ha grabado la cámara!

—¿*Cámala*? ¿Qué *cámala*? —dijo la madre de Jun.

—**¡Guau, guau!** —sonó al otro lado de la puerta, como si Don Pepito me hubiera oído nombrarlo.

—Parece que no han sacado a pasear a Don Pepito —dijo mamá—. Ya lo miraremos luego, Hugo. Ahora vamos a ver a Pepe.

Llamamos al timbre y nos pareció oír ruido al otro lado de la puerta.

Pero Pepe no abría. Mi madre nos miró a todos y dijo:

—Normal. Como mire por la mirilla, va a alucinar. Menuda tropa. Yo tampoco abriría. Esperad.

Entonces se puso justo delante de la mirilla y dijo:

—Pepe, soy yo, Nuria, la vecina del cuarto A.

Pepe abrió un poco la puerta. Y entonces tuve eso que mi padre dice que se llama un *deyaví* o *deyavú* o algo así, eso que es como que sientes que lo que

ocurre ya te ha pasado antes, porque mi madre dijo
entonces:

—¡Ah, hola!

Y mi padre, nada más ver a Pepe,
preguntó:

–¿A QUÉ HUELE?

¿A QUÉ HUELE?

(1)

Cuando mi padre saludó con ese «¿A qué huele?» suyo, Pepe puso cara de susto.

Se debía de temer que mi padre fuera a robarle su famosa tortilla de patatas «Pepe *style*». Pero esta vez no era a tortilla a lo que olía.

—¡Ya lo tengo! —dije yo. Y luego, Fran y yo dijimos a la vez—: Huele a pintura.

Toma conexión.

Mi madre sonrió.

—Hay que ver lo que vale este Pepe. Cocina, pinta, arregla cosas… —dijo con una enigmática sonrisa.

—¿Arreglar? —preguntó Pepe.

—Y ¿qué estás pintando? —preguntó Olivia.

Cualquiera diría que estaba pintándose la cara, porque se le había puesto blanca blanca blanca.

—Y ¿qué es eso que suena? —pregunté.

Se oía una especie de ronroneo eléctrico, como el zumbido de un coche teledirigido.

—A ver, no liéis al pobre Pepe —pidió mi madre—. Te preguntarás qué hacemos todos aquí…

Pepe asintió con la cabeza.

—Lo sabemos todo —dijo mi madre sonriente.

—¿Todo? —preguntó Pepe.

—*Sabel* todo y *quelel decil glacias* —dijo la madre de Jun.

En ese momento, detrás de nosotros sonó algo que me resultaba horripilantemente familiar:

—Suéltalooooo, suéltalooooo.

Acababan de entrar en el portal Enrique y Laura. ¿Cómo

era posible que Laura siguiera cantando la MISMA canción desde el día anterior? No sé cómo no le estallaba la cabeza.

—¿Qué pasa aquí? —preguntó Enrique.

—La farsa se acabóóóó —cantó mi padre.

Pepe estaba cada vez más blanco.

—Hemos descubierto lo que ha hecho Pepe —dije yo—. Vas a alucinar.

—¿Qué ha hecho Pepe? —preguntó Enrique.

Y luego, dando voz a lo que pensábamos los demás, añadió:

–¿A QUÉ HUELE?

¿A QUÉ HUELE?

(2)

—¿A QUÉ HUELE? —gritó como un eco otra voz.

Era Lola. Volvía con Chufa y sin Don Pepito. Y sin Troya.

Ya estábamos delante de la puerta de Pepe: Jun y familia, Fran, Enrique y Laura, Chufa y Lola, y mi familia al completo. Bueno, al completo no. Faltaba Troya.

—¿A QUÉ HUELE? —repitió Chufa.

A mí esas mujeres, como son mayores, aunque modernas, me inspiran mucho respeto, y fue por eso que intenté decirlo de la forma más fina posible.

—Me da a mí que huele a deposiciones —dije.

—¿A exposiciones? —dijo Chufa—. No, no, no. Aquí huele a otra cosa.

—**Aquí huele a mierda** —dijo Lola.

Vaya, sí que eran modernas.

—¡*Mielda, mielda*! —repitió el abuelo de Jun.

—Papi, han dicho «mierda» —dijo Laura.

La verdad es que estaba claro. Cada vez más claro. El olor, y el sonido, eran cada vez más fuertes. Y, de repente, llegó rodando la prueba.

Era uno de esos aspiradores que funcionan solos.

—¡La Rumba! —dijo mi madre, que al parecer era la marca del aspirador.

Por un momento, todos nos quedamos en silencio viendo aquel trasto y lo que arrastraba, porque lo que arrastraba era…

—Mierda —susurró Pepe.

De fondo, oímos otro ruido, como de algo, un jarrón, o un plato, o un cristal, que se rompía, y entonces…

Pepe también se rompió

y se echó a

LLORAR.

LLORAR

Yo creo que la Rumba se llama Rumba porque ante ella todo delincuente se de-Rumba.

Al menos en el caso de Pepe fue así.

—Fui yo —dijo entre lágrimas mientras paraba el trasto.

—¡Sí! ¡Tú *aleglal* luces EL *JALDÍN* FELIZ! ¡*Glacias*! ¡*Glacias*! —dijo la madre de Jun.

Pepe arrugó la frente y la miró sorprendido.

—Eso también —dijo con tristeza.

—¿También? —preguntamos Olivia y yo a la vez.

—Y otra cosa más. Ahora que vais a odiarme, supongo que esto será lo de menos, pero… Un momento —dijo y salió por el pasillo hacia un cuarto que es-

taba con la puerta cerrada. Por el camino iba sorteando el rastro de caca que había ido dejando el aspirador. En la parte baja del pantalón, por detrás, llevaba una mancha de pintura blanca.

Yo me quedé sin respirar. No solo por la peste. Eran tantas las ganas que tenía de que quien saliera de ahí fuera Troya que pensaba que me iba a morir. Pero Pepe abrió la puerta y de allí no salió nada. Solo él, treinta segundos después, con una cosa blanca en la mano.

Volvió otra vez con cuidado de no pisar el rastro marrón, tendió la cosa blanca a Enrique y le dijo:

—Toma.

—¡Mi chaqueta de chándal del Real Madrid! —exclamó Enrique.

—**¿QUÉ PASA, *CHIQUETA*? ¿TÚ TE ESTÁS ENTE-RANDO DE ALGO?** —preguntó Chufa a Lola.

—Calla, que no me dejas oír —dijo Lola a Chufa.

—Pe... pe... pero... —empecé a decir yo.

—Se cayó a mi patio el día ese que hizo tanto viento. ¿Os acordáis?

—EL VIENTO AÚLLA Y SE CUELA EN MI INTE-RIOOR —volvió Laura a la carga con *Frozen*.

Oh, no.

—LO QUISE CONTENER PERO SE ESCAPÓÓÓ —la acompañaron Olivia y mi padre.

Todos nos volvimos a mirarlos con cara de «no es el momento, gracias». Aunque quizás el maldito viento explicaba lo que no habíamos sabido ver: que la chaqueta de Enrique no cayó en el patio de Lola y Chufa sino en el de Pepe.

—Pero entonces, entonces... —yo casi no me atrevía a decir lo que tenía en la cabeza—. ¿Te has puesto esa chaqueta? Pepe, tú no. Tú eres del Atlético de

Madrid a muerte. —Aunque lo de menos era de qué equipo era forofo. Lo de más era lo que significaba que hubiera llevado esa prenda—. Entonces… Entonces… ¿Te has puesto esa chaqueta?

Pepe sonrió con tristeza.

—La verdad es que tenía miedo de que me diera un sarpullido al ponérmela. Pero… Supongo que las cosas no son blanco o negro, o blanco y rojiblanco. Además, me gusta la capucha.

—¿A que sí? —dijo Enrique—. Estuve dudando porque había otra cazadora sin capucha…

—Ya, pero la verdad es que a mí me gusta llevar la cabeza cubierta… —dijo Pepe señalando su coronilla.

—Es cierto. ¡Muchas veces te he visto con gorra! —dijo Enrique.

Pero yo no sé cómo podían estar hablando de esas tonterías, porque todas las palabras, todos los pensamientos, todos los colores tenían que dirigirse en una única dirección. Y era Troya.

Por fin me atreví a decirlo:

—**Entonces… Entonces… ¿Troya está aquí? ¿Contigo?**

Pepe no dijo nada.

Se dio la vuelta.

Fue andando lenta, muy lentamente, por el pasillo.

En ese momento yo mismo habría cantado «SUÉL-TALOOOO».

Llegó hasta la segunda puerta, que también estaba cerrada.

La abrió.

Y entonces salió…

¿TROYA?

¿TROYA?

El cachorrito que salió trotando de la habitación y vino directo hacia mí era negro y blanco. Parecía una mezcla de un dálmata y un labrador, solo que, en vez de ser blanco con manchas negras, era negro con manchas blancas.

La habría reconocido entre un millón. Aunque estuviera pintada con estrellas verdes, aunque le hubieran puesto un abrigo de pelo largo, aunque llevara un casco, una capa y unos botines rojos…

Aquellos andares…, aquellos andares con los que vino corriendo directa hacia mí con esa pesadez juguetona de los cachorros…

Aquellos ojos…, aquellos ojos que me miraban con esa fiera alegría…

Aquella lengua…, aquella lengua que me lamía como si fuera un chupachups gigantesco…

Aquel rabo que se movía de lado a lado, que parecía que iba a salir despedido en una de las sacudidas…

Eran de Troya, mi Troya.

Rodé por el suelo abrazado a Troya. Me lamía la cara, me lamía las orejas, me mordisqueaba los brazos. Papá, mamá y Olivia se acercaron y Troya se volvió loca saltando encima de nosotros y repartiéndonos lametazos a unos y otros.

—**Perdón, perdón, perdón, perdón, perdón, perdón** —no dejaba de susurrar Pepe entre sollozos.

Llevaba en las manos un marco de fotos que tenía el cristal roto. Supongo que era el último destrozo de Troya-desTroya.

—¡*Pelito, pelito, pelito!* —gritó el abuelo de Jun.

—¿QUÉ PASA? ¿QUÉ PASA? —gritó Lola.

—**¡Chist!** —la mandó callar Chufa mientras abría la puerta de casa para que Don Pepito saliera y también se uniera a la fiesta.

—Me la encontré —empezó a explicar Pepe—. Me la encontré en el ascensor y parecía que alguien la había puesto ahí para mí. Yo estaba tan triste y ella inclinó la cabeza y me miró con esa alegría y se lanzó a mis piernas. Yo no me paré a pensar. Parecía que quería pasear. Llevaba una correa. La cogí y me la llevé. Y de repente, al ir con ella, me pareció que la calle, y la vida, eran más bonitas, la gente más amable, los árboles más verdes y el cielo más azul.

—Ooooh —dijo Chufa.

Sabía exactamente de lo que hablaba Pepe porque, **desde que Troya no estaba, a mí la calle me parecía más fea y todo lo veía más gris**.

—Os aseguro que quise decíroslo, de verdad —sollozaba Pepe.

—Sí. Ya. Seguro —dijo Fran, escéptico.

Chufa le dio una colleja.

—Pero, cuando vinisteis, me cogió tan de sorpresa... —siguió Pepe—. Apenas pude hablar.

Nosotros no dejábamos de acariciar y jugar con Troya mientras Pepe seguía hablando como si estuviera haciendo un monólogo, un monólogo triste, delante de medio vecindario.

—A cada momento me decía a mí mismo: «Ahora subo y se la devuelvo».

Fran abrió la boca pero se calló al ver que Chufa volvía a levantar la mano hacia su cuello.

—Pero entonces Troya me miraba con esa carita y me daba un lametón y me sentía tan feliz con ella... —siguió Pepe.

—Feliz, feliz —dijo muy sonriente el abuelo de Jun—. *Jaldín* feliz.

—Siempre he querido tener un perro —siguió contando Pepe—. Mis padres no me dejaron de pequeño. Y luego… A Adela le daban miedo. Y como yo quería tanto a Adela, no me importaba. Pero ahora que Adela ya no está…

Lola puso una mano sobre el hombro de Pepe.

—¿Sabéis? A veces me encontraba contándole cosas a Troya como si estuviera hablando con Adela. A veces, sin querer, la llamaba Adela...

Pepe seguía llorando con el marco de fotos roto en la mano. Y yo ya no sabía si estar enfadado con él o triste. Pero no. Triste no podía estar de ninguna manera, porque Troya había vuelto y ahora era el día más feliz de mi vida. El mejor día de mi vida.

—Sabía que tarde o temprano tenía que decíroslo. Pero cada vez me costaba más y me daba más vergüenza. **Es increíble cómo las mentiras crecen solas. No necesitan nada para hacerse grandes. Son como cactus.**

En ese momento me acordé de la maceta de Troya, y de cómo no habíamos visto salir ni entrar a Pepe del edificio desde que la pusimos. Como si me hubiese leído el pensamiento, Pepe explicó:

—Al principio me escondía para pasearla. Si hacía caca cerca de casa, ni me paraba a recogerla por miedo a que me pillarais. Luego se me ocurrió lo de pintarla para que no la reconocieran. **¡Había carteles por todas partes!** Luego apareció la chaqueta de Enrique como caída del cielo.

—Es que cayó del cielo. Bueno, del tendedero —dijo Olivia.

—Pero cada vez me daba más miedo salir con Troya —siguió Pepe—. La última vez casi me pilla Bea.

(La Martínez.)

Los mayores escuchaban muy serios. Todos menos el abuelo de Jun, que decía «sí» con la cabeza muy sonriente todo el rato.

—La pobre Troya no ha salido en casi dos días. Apenas la he sacado al patio cuando todos dormíais. Os juro que iba a dejarla en vuestro rellano. De esta noche no pasaba. **Lo siento, lo siento, lo siento, lo siento...**

Troya se acercó a darle un lametazo a Pepe. Era como si dijera: «Tranquilo, Pepe, yo te perdono».

—¿Verdad que sí, bonita? —dijo Pepe acariciándola. Luego nos miró a nosotros y dijo—: Sé que no puedo esperar que me perdonéis. Y que, además de pediros perdón, tengo que daros las gracias. Para mí, estar al lado de Troya estos días ha sido como curarme de una enfermedad. Han sido los días más felices en mucho mucho tiempo.

—¡Feliz! ¡*JALDÍN FELIZ!* —volvió a decir el abuelo de Jun, con una sonrisa de oreja a oreja.

—Exacto —dijo Pepe—. Otra cosa por la que tengo que pedir perdón. No podía soportar ese letrero.

Ese «feliz» iluminado cuando yo estaba enfermo de tristeza.

Cuando le oí, me acordé de la rabia que me dio leer «EL JARDÍN FELIZ» aquella primera mañana sin Troya.

—Yo quité la luz —siguió diciendo Pepe—, y la devolví cuando Troya me devolvió la alegría. Ahora solo me faltaba devolveros a Troya. Estaba reuniendo el valor... **Lo siento, lo siento, lo siento, lo siento...**

Lola se sacó un pañuelo de la manga y se sonó los mocos. Don Pepito y Troya jugaban mientras Laura, Fran, Olivia, Jun y yo andábamos tirados por el suelo haciéndoles rabiar. Pero, por muy distraído que estuviera con Troya, un detective nunca descansa:

—Pero hay algo que no entiendo. Si tú vives en el bajo y no tienes coche, ¿para qué querías coger el ascensor?

Y entonces Pepe, por primera vez desde que Troya había desaparecido de nuestras vidas y había aparecido en la suya,

se acordó de

EL SOBRE.

EL SOBRE

Había llamado al ascensor para subir a por un sobre que se le había caído en nuestro rellano.

—Y ¿cómo había llegado el sobre hasta nuestro rellano? —pregunté yo.

—Se me cayó cuando estaba… estaba… Yo… bueno… —Parecía que le costaba decirlo. Al final lo confesó—: A veces subo a oír al bebé.

¿¿¿CÓÓÓÓÓMO???

Vale que Pepe, tan del Atleti, se pusiera una chaqueta del Real Madrid.

Vale que Pepe hubiera cogido a Troya.

Vale que hubiera intentado convertir un labrador en un dálmata a base de pintura blanca.

Vale que hubiera convertido EL JARDÍN FELIZ en EL INFELIZ y luego otra vez en EL JARDÍN FELIZ.

Pero esto...

¿Que subía hasta nuestro rellano para escuchar al llorón de los Martínez Martínez?

—Pero ¿subes a oír qué? —preguntó Fran.

—Cualquier cosa que suene a bebé —respondió Pepe.

—¿Los berridos? —pregunté yo.

—Me valen —dijo Pepe.

—¿Los eructos? —preguntó Fran.

—Bueno. Puede ser.

—¿Los pedos? —se animó Fran.

—**¿Los bebés se tiran pedos?** —preguntó Olivia, como si le acabaran de descubrir que han incorporado el color negro al arcoíris.

—Pues claro —dijo Fran—. Todo el mundo se tira pedos.

—¡NO! —saltó Laura—. ¡Rossa no hace eso! ¿A que no, papá?

Enrique intervino e intentó volver a centrar la conversación:

—Pero ¿por qué, Pepe? ¿Por qué razón subes a oír al bebé?

—Echo de menos a mi biznieto —dijo, como si eso lo explicara todo. Y a Chufa y a mi madre les debió de parecer una buena explicación, porque Chufa le puso un brazo en el hombro y mi madre se puso a decir que sí con la cabeza. Luego Pepe remató con la explicación definitiva—. A veces, además, en el pasillo huele a bebé.

Se nota que Pepe no sube al rellano cuando los Martínez sacan la basura con los pañales sucios. Si no, tendría otro concepto del «olor a bebé».

—¿Y el sobre? —volví a recordarle.

—Ah, sí. El sobre —recordó Pepe—. Recogí el correo. Era una carta de mi nieta, la de Valencia, la madre de Marcos, mi biznieto. Ni llegué a abrirla. Es que... —se interrumpió—. En fin, nada más verla, sentí la necesidad de escuchar a un bebé. Y subí. Estuve un rato en vuestro rellano. Se le oía llorar flojito. Luego me pareció oír ruido en vuestra casa. Pensé que saldríais y me dio vergüenza que me pillarais escuchando. Salí tan rápido que se me cayó el sobre.

Entonces me acordé perfectamente de aquel sobre. Lo había visto el día que desapareció Troya. **De hecho, todo empezó con ese sobre.** Si yo no me hubiera asomado a verlo, no se me habría escapado la puerta del ascensor y Troya no habría bajado sola y...

—Cuando me di cuenta, quise subir otra vez a por él y llamé al ascensor. Pero entonces, cuando se abrió la puerta, me encontré a Troya y...

Nada más nombrarla, Troya volvió a lamerle las manos a Pepe. Pepe la acariciaba con fuerza.

—¿Y el sobre? —preguntamos a la vez Fran y yo.

Pepe se encogió de hombros.

—Como no siga

ARRIBA...

ARRiBA

Lola, Chufa, Don Pepito, el abuelo de Jun, Pepe, Troya y Enrique subieron en ascensor. El resto subimos andando, o más bien corriendo.

Al pasar por el rellano del segundo saludé al vuelo hacia la mirilla de Alicia. Me jugaba diez sobres de cromos a que estaba mirando. Seguro que se moría de ganas de saber qué estaba pasando.

Olivia y yo corrimos tanto que llegamos a la vez que el ascensor.

El sobre de Pepe, tal como me temía, no estaba en el rellano.

¿Cómo iba a estarlo? ¡Nos habríamos dado cuenta! Solo quedaba una posibilidad: los Martínez.

Nos juntamos delante de su puerta. Chufa clavó su uña morada, a juego con el pedrusco de su anillo, en el timbre del cuarto B. El DIN-DON no sonó solo.

—¡¡¡¡¡UAAAAAAAH!!!!! ¡¡¡¡¡UAAAAAAAH!!!!! ¡¡¡¡¡UAAAAAAAH!!!!! —sonaba cada vez más fuerte.

Abrió el Martínez con cara de agobio, el bebé berreando en brazos y los cuernos del cuadro del ciervo asomándole por detrás.

Pero la cara de ciervo agobiado se le transformó en cara de susto.

Casi podía oírle contar en su cabeza mientras nos iba repasando uno a uno: uno, dos, tres, cuatro, cinco, seis, siete, ocho, nueve, diez, once, doce, trece vecinos y un perro… ¡No, dos!

—¿QUÉ PASA? —dijo asustado el Martínez.

—¡¡¡¡¡UAAAAAAAH!!!!! ¡¡¡¡¡UAAAAAAAH!!!!! ¡¡¡¡¡UAAAAAAAH!!!!! —gritó el Martínez Martínez.

Hasta Lola se tapó los oídos.

—Cuchi, cuchi, cuchi —dijo Olivia al bebé, mientras le hacía cosquillas en la planta del pie.

El bebé hizo una especie de gorgorito que parecía una risa y luego se calló. Parecía un milagro.

De repente, no había gritos, ni ladridos, ni preguntas. Fue un silencio raro. Catorce vecinos, dos perros y un bebé en silencio. El Martínez miró a Olivia como si fuera una marciana, una santa o un hada.

—Me lo había dicho Bea... Lo de tus poderes con Martín. Pero no me lo podía creer.

Olivia sonrió en modo arcoíris.

El Martínez levantó la vista y volvió a mirar al grupo que ocupaba todo el rellano.

—Pero supongo que no habréis subido todos hasta aquí para hacer callar a Martín. Espero —añadió con cierta preocupación—. ¿Qué pasa?

Yo no pude contenerme.

—¡¡Hemos encontrado a Troya!! —grité, y cogí de la patita a Troya para que le saludara.

El Martínez miró a esa hermosísima perrita negra con manchas de pintura blancas y preguntó algo extrañado:

—**¿Troya? Pe... pe... pero ¿no era negra...?**

—Es una larga historia —resumió mamá.

Pero el Martínez dijo:

—Si Olivia consigue que Martín siga callado, me encantará oírla.

Y nos hizo pasar a todos a casa. ¡Incluso a Don Pepito y a Troya! Aunque, eso sí, todos sus gérmenes y sus bacterias y sus babas de perros tuvieron que

quedarse escondidos en la entrada. La Martínez, que estaba en el salón, al vernos entrar y entrar y entrar y entrar y entrar y entrar y entrar y seguir entrando abrió los ojos como platos.

—Eeeh… No sé si tendremos sillas suficientes para todos —dijo—. Ni aceitunas.

—¡Aceitunas! —exclamó mi padre al ver un cuenco lleno en la mesita frente al sofá.

Chufa y él se sentaron justo frente al cuenco y el

resto se apretujó entre lo que quedaba libre de sofá, el sillón y las sillas del comedor. Digo «se apretujó» y no «nos apretujamos» porque a Jun, Olivia, Fran y a mí nos obligaron a sentarnos en el suelo. ¡Y el bebé, que es más pequeño, estaba tan ricamente en el sofá en brazos de su padre! Como diría Alberto: «¡Injusticia!».

Después de contarles tooooda la historia, llegamos a lo del sobre de Pepe, y entonces la Martínez se desempotró del sofá y salió corriendo hacia la entrada.

Pero, además de lo que había ido a buscar, se encontró con otra sorpresa…

—¡Aaaaaaaaaaaah! ¿CÓMO LO HAS PERMITIDO, CHURRI?

El Martínez salió corriendo con el bebé en brazos.

—¡¡¡GÉRMENES!!! ¡¡¡BABAS!!! ¡¡¡BACTERIAS!!! ¡¡¡PERROS!!! —gritaba histérica en la entrada. En la mano agitaba un papel.

—Y un sobre —dijo el Martínez cogiéndole el papel de la mano a la Martínez—. Un sobre a nombre de…

Entonces leyó extrañado
lo que ponía:

¿LOLO?

LOLO

Nos lo explicó el propio Pepe. Creo que si no lloraba era porque ya no le quedaban más lágrimas.

«Lolo» era como le llamaban sus nietos. Su nieta, la de Valencia, la que tenía un bebé, su único biznieto, se había enfadado con él. Bueno, ella no. Más bien su marido. O no se había enfadado. Pero él pensaba que se había enfadado pero que no se lo decía. No sé muy bien. Era uno de esos líos de los mayores, que de repente se enfadan unos con otros, pero no se enfadan en voz alta, se enfadan en silencio, y hablan raro, como si quisieran decirse cosas que no se dicen, pero se les nota. Ellos no se gritan, no. Ahora, como les pille un niño cerca, seguro que al niño sí le gritan. Y a eso se le llama «pagar justos por pecadores», y lo sé porque más de una vez me la he cargado sin tener culpa de nada. Bueno, no sé si me entiendes. Es que es un poco lioso, lioso para ellos que lo lían. **Con lo fácil que es gritarse, insultarse y liarse a patadas.**

El caso es que Pepe, en vez de liarse a patadas, se fue de Valencia y ya pensaba que no iba a ver más a su biznieto ni a oírlo ni a olerlo, y por eso subía a oír al bebé de los Martínez, aunque solo oyera los berridos que pegaba, y resulta que ahí estaba, en casa de los Martínez Martínez, la carta de su nieta que decía...

Querido Lolo:

Leyó Olivia. Pepe le había pasado la carta después de leerla él en silencio y le hizo un gesto para que la leyera en voz alta.

Te fuiste de repente. ¿Por qué adelantaste la vuelta? Y ¿por qué no esperaste a que te lleváramos a la estación? ¡Saliste tan corriendo que te dejaste en el baño el tratamiento crecepelo!

Pepe se puso rojo como un tomate.

Perdona si no estuvimos más pendientes de ti. Entre el bebé, el trabajo…

Los Martínez Martínez asintieron con la cabeza un montón de veces.

Me dice David que me disculpe de su parte. Estos días han sido complicados para él en el trabajo y cree que la pagó contigo. Ya sabes, a veces pagan justos por pecadores.

Yo asentí con la cabeza un montón de veces.

Ya le he dicho a David que no se preocupe, que tú ya te habrías dado cuenta de que no era nada personal. Es solo que necesitábamos un poco de espacio.

Yo seguí asintiendo con la cabeza. **¡«Necesitar espacio» era una de mis coartadas favoritas!**

Vuelve pronto. Te echamos de menos. Todos. Pero creo que Marcos el que más. No sabes cómo nos costó que dejara de llorar el día que te fuiste.

El bebé de los Martínez asintió con la cabeza. Pero creo que su padre le estaba moviendo el cuello como si fuera un muñeco. Qué vergüenza. Unos padres manipulando a su hijo desde tan pequeño.

Te mando una foto de hoy mismo para que la pongas en un marco. Cuando se la hacía, le dije: «Sonríe a Lolo», y mira con qué cara ha salido.

Yo me acerqué a ver la foto que sostenía en las manos Pepe y… En fin. Mejor me ahorro comentártela porque una vez di una opinión sincera sobre el bebé de unos amigos de mis padres y me castigaron un fin de semana sin tablet, y creo que eso también fue «pagar justos por pecadores», porque yo no hice más que decir la verdad, que es lo que siempre me dicen que hay que hacer. Pero es que además el biznieto de Pepe... En fin, creo que ni Valentina, que es experta en mentir, podría haber dicho algo bonito de él. Bueno, igual se podría decir que era «mono». Por las orejas de soplillo y los pelos por todas partes, más que nada.

Pero no te quedes mirando mucho la foto, que los bebés cambian muy pronto.

«Menos mal», pensé yo.

Tendrás que venir a vernos para comprobarlo.
¡Y quedarte más tiempo la próxima vez!
Muchos besos,
Cristina

Cuando Olivia acabó de leer la carta, todos dijimos: **«Oooooh».** Y Lola volvió a ponerle la mano en el hombro a Pepe.

—Tendrás que ir a Valencia, Pepe —dijo Enrique.

—Podría acompañarte —sugirió Chufa.

—Y podría llevar a Troya a la playa —dijo Pepe.

Papá, Olivia, yo e incluso mamá le lanzamos una mirada matavecinos, pero él enseguida dijo:

—Era broma… Je, je. Perdón.

Y volvió a repetir lo de «losientolosientolosiento».

Entonces el Martínez le puso el bebé en brazos a Pepe, pero eso no fue tan buena idea, porque el bebé volvió a berrear como un energúmeno.

—¡¡¡¡¡UAAAAAAAH!!!!! ¡¡¡¡¡UAAAA-AAAH!!!!! ¡¡¡¡¡UAAAAAAAH!!!!!

¿No quería oír al bebé? ¡Pues toma!

Olivia intentó volver a hacer el truco de las cosquillas en los pies.

Pero ni por esas.

Y la Martínez cogió al bebé y empezó a mecerlo y a decirle **«EA, EA, EA»**, y lo llevó hasta la ventana a mirar las luces, que ya se habían encendido, porque ya había oscurecido, y entonces nos llamó a todos:

—¡Corred! ¡Mirad!

Y nos apretujamos contra el cristal para ver lo que sospechábamos: un luminoso cartel que anunciaba EL JARDÍN FELIZ.

Y entonces mi padre le dijo a mi madre:

—¿Lo ves, Nuria? Lo que siempre habíamos querido. Una casa con jardín.

—EL *JALDÍN* FELIZ, EL *JALDÍN* FELIZ —dijo el abuelo de Jun con ojos de chino feliz.

Y Troya me lamió las manos, y tiró de mí, y yo la miré y ella me miró y luego miré detrás de ella, y vi algo que no iba a hacer tan feliz a una que yo me sabía, una que se apellidaba algo que empieza por M y acaba por «artínez», y era: una primorosa obra en medio del salón que llevaba ese inconfundible sello personal, el de **«Esta la hizo Troya»**.

Y entonces comprendí que no hay un secreto de la felicidad, porque es imposible ser todo el rato feliz, y que nos íbamos a pasar toda la vida así: quitando y poniendo bombillas a la palabra INFELIZ.

INFELIZ – INFELIZ – INFELIZ – INFELIZ – INFELIZ – INFELIZ…

Y mola.

Sobre todo los ratitos de **FELIZ**.

BEGOÑA ORO

Begoña Oro ha escrito y traducido cientos de libros para niños y para no tan niños. Cientos de miles de niños han aprendido a leer con sus libros de lecturas y otros tantos han pasado el verano con ella con sus cuadernos de vacaciones. Aun así, o incluso por eso, la quieren. Es la creadora de personajes como la ardilla Rasi, de La pandilla de la ardilla, o Doña Despistes, y ganadora del premio Gran Angular, Hache y Lazarillo, entre otros.

A raíz de la publicación de *Misterios a domicilio* y por miedo a que algún vecino se sintiera identificado (y eso que cualquier parecido con la realidad es pura coincidencia), abandonó su casa en Zaragoza y se fue a vivir a Dublín. Después, se mudó a Madrid, donde vive rodeada de parques, bibliotecas y vecinos muy inspiradores.

En la cocina de gas de su nueva casa ha preparado *Monsterchef*, un libro en el que un grupo de ~~vecinos~~ monstruos compite por hacer la receta más repugnante. En la elaboración de este libro, igual que en la de *Misterios a domicilio*, ha puesto bien de su ingrediente favorito: ~~moco de dragón~~ humor.

NO TE PIERDAS LAS AVENTURAS DEL NÚMERO 24 DE LA CALLE LA PERA

M⦁NSTERchef

Cuidado, ¡no te atragantes de la risa!

Misterios a domicilio 1 de Begoña Oro
se terminó de imprimir en enero de 2022
en los talleres de Impresos Santiago, S.A. de C.V.,
Trigo No. 80-B, Col. Granjas Esmeralda,
Alcaldía Iztapalapa, Ciudad de México, México.